개가 농담하는거 봤어?

청소년 소설 _11

개가 농담하는 거 봤어?

루이스 새커 글 | 정재윤 옮김

펴낸날 2023년 1월 11일 초판1쇄
펴낸이 김남호 | 펴낸곳 현북스
출판등록일 2010년 11월 11일 | 제313-2010-333호
주소 07207 서울시 영등포구 양평로 157, 투웨니퍼스트밸리 801호
전화 02) 3141-7277 | 팩스 02) 3141-7278
홈페이지 http://www.hyunbooks.co.kr | 인스타그램 hyunbooks
ISBN 979-11-5741-351-5 43840

편집장 전은남 | 편집책임 강지예 | 디자인 디.마인 | 마케팅 송유근 함지숙

개가 ★ 농담하는 거 ★ 봤어?

글 루이스 새커 | 옮김 정재윤

현 북스

진심으로
정말 진심으로 하는 말인데
코끼리는 늘 성실해요.
백 퍼센트!

닥터 수스, 《호턴, 알을 품다》 중에서

01

이 이야기는 어떤 웃음으로 시작된다.

멍청해 보이는 얼굴에 걸린 멍청해 보이는 웃음이었다. 어쩌면 얼굴 때문에 웃음이 멍청해 보였는지도 모른다. 아니면 웃음 때문에 얼굴이 멍청해 보였거나. 이건 구분하기 어려웠다. 그 얼굴에는 언제나 웃음이 걸려 있었으니까.

이건 개리 분의 얼굴에 걸린 웃음이었다.

개리는 플로이드 힉스 중학교 1학년생이다. 전교생이 개리를 이상한 애라고 생각했고, 개리의 웃는 얼굴에다 대놓고 '머저리'라고 불렀다.

어느 날은 폴 워튼버그가 개리에게 이렇게 말했다.

"너는 머저리야, 이 꼴통아. 알고 있냐?"

"아니, 몰랐는데."

머저리가 대답하고는 씩 웃었다.

개리 또한 자신을 머저리라고 불렀다. 학기 첫날, 수학을 가르치는 랭글리 선생님이 이름을 묻자 개리는 "머저리요."라고 대답했다.

"응? 뭐라고?"

랭글리 선생님이 다시 물었다.

"그게요, 제 이름이 개리 분(Gary Boone)이거든요."

개리가 설명했다.

"성과 이름을 합치면 군(Goon), 머저리가 되잖아요. 하, 하!"

랭글리 선생님은 얼른 다른 일을 하는 척했다.

지난해 초등학교 졸업식 때, 개리는 학교 대표 개그맨으로 뽑혔다. 개리는 이걸 대단한 영광으로 여겼다.

개리는 나중에 스탠드업 코미디언(무대에 혼자 서서 관객을 웃기

는 코미디언:옮긴이)이 되고 싶었다. 그래서 틈만 나면 이렇게 말했다.

"싯다운 코미디언이 될 수도 있겠지. 중간에 내 다리가 피곤해지면 말이야."

불행하게도 개리를 학교 대표 개그맨으로 뽑아 준 학생들 가운데 누구도 칭찬하는 의미로 뽑았다고 생각하지는 않았다. 개리 농담을 듣고 웃는 사람은 한 명도 없었다. 개리는 어쩌다 보니 개그맨으로 뽑힌 머저리에 지나지 않았다.

개리는 종종 아름다운 배우, 유명 연예인과 나란히 토크쇼에 나가는 상상을 했다. 모든 스타가 개리에게 푹 빠졌다. 개리의 농담은 정말 재미있으니까.

가끔은 랭글리 선생님도 개리와 함께 토크쇼에 나갔다.

"개리가 중학교 1학년 때 가르치셨죠?"

데이비드 레터맨(미국의 유명한 토크쇼 진행자:옮긴이)이 묻자 랭글리 선생님이 이렇게 대답한다.

"맞아요. 그때부터 저는 개리가 장차 유명한 코미디언이 될 줄 알았어요. 물론 교사로서 학생이 하는 농담에 웃음을 터뜨릴 순 없었지만요. 입술을 깨물면서 웃음을 꾹 눌러 참았답니다. 정말 웃겼거든요. '내가 열다섯 살만 더 어렸더라면!' 하고 바랄 정도로요."

랭글리 선생님은 1학년을 가르치는 수학 선생님 가운데 제일 예뻤다. 랭글리 선생님에 대해 상상을 하는 밤이면 개리는 랭글리(Langley) 선생님을 롱다리(Longlegs) 선생님이라고 불렀다.

개리는 놀라울 정도로 자주 선생님 꿈을 꿨다. 적어도 일주일에 한 번은.

"야, 머저리! 누가 너보고 얼간이라고 안 해?"

매트 휴즈의 말에 개리가 대답했다.

"하지. 아침에 폴이 나를 그렇게 부르던데. 하, 하!"

02

개리는 영어 시간에 《불을 삼킨 소년》이라는 이야기를 하나 써냈다.

칼라일 선생님의 수업이었다. 반 친구 가운데 누군가가 이 야기를 몇 쪽이나 써야 하느냐고 묻자, 선생님은 "적당히 알아 서."라고 대답했다.

그게 선생님의 실수였다.

불을 삼킨 소년
개리 W. 분 지음

옛날에 불을 삼킨 소년이 있었다.

소년은 죽었다.

칼라일 선생님은 이 이야기를 받아 주지 않았다.

"이건 이야기라고 할 수 없다. 한 문장밖에 없잖니."

선생님이 개리에게 말했다.

"두 문장이에요."

개리가 바로잡았다.

선생님은 이야기를 다시 쓰라고 했다. 적어도 다섯 쪽은 넘게. 제목은 좋지만 무슨 일이 일어났는지 내용이 없다고 했다.

"불을 삼키면 죽는다는 내용이잖아요."

이 얼마나 멋진 농담인가!

하지만 칼라일 선생님은 웃지 않았다.

개리는 생각했다. 언젠가는 내가 쓴 이야기가 책으로 나올 거야. 아주 두툼한 책으로. 개리 W. 분이 지은 《불을 삼킨 소년》을 펼치면 딱 두 문장밖에 없고, 나머지 300쪽은 모조리 하얗게 빈 종이. 다들 배꼽 잡고 웃겠지? 수백만 명이 이 책을 사서는 탁자 위에다 모셔 둘걸. 나는 부자가 되겠지!

영어 시간이 끝나고 개리는 수학 교실로 향했다. 중학생이 된지 한 달이 다 되어 가는데도 수업 시간마다 어느 교실로 옮겨가야 하는지가 헷갈렸다.

어느 날 밤에는 수업 시간표를 잊어버린 꿈을 꿨다. 학교에서 개리에게는 말도 안 해 주고 수업 시간표를 바꿔 버리는 꿈을 꾸기도 했다. 어떤 꿈에서는 사물함 비밀번호가 바뀌어 버린 적도 있었다.

또 한번은 이런 말도 안 되는 꿈도 꿨다. 복도에서 옷을 벗은 뒤 복도 사물함에 옷을 던져 넣는 꿈이었다. 체육관 사물함과 헷갈린 것이다. 개리는 꿈에서 속옷 바람으로 복도에 서 있다가 자기 실수를 깨달았다. 그때 카우보이 부츠를 신고 우산을 쓴 롱다리 선생님이 다가왔다. 옷을 다시 입고 싶었지만 개리는 사물함을 열 수 없었다. 사실, 자기 사물함이 어떤 건지도 생각나지 않았다.

현실에서는 사물함을 찾는 일도, 교실을 찾아가는 일에도 아무런 문제가 없었다. 그러나 수업마다 교실을 이동하다 보니 그때마다 개리는 뭔가를 빠뜨리는 기분이 들었다. 다른 애들은 모두 알고 있는 일을 자기만 모르고 있는 것만 같았다. 물어볼 사람도 하나 없었다. 사실 물어볼 사람이 있다고 해도 무얼 물어야 할지 몰랐다.

"개리, 숙제를 왜 하지 않았니?"

수업이 끝나고 나서 랭글리 선생님이 물었다.

개리는 속으로 랭글리 선생님에게 카우보이 부츠가 있을지를 궁금해하며 선생님 책상 옆에 서 있었다.

"숙제가 있는지도 몰랐는데요."

"몰랐다고? 어떻게 그걸 모를 수가 있니?"

개리는 어깨를 으쓱했다.

"제가 모르는 건 많아요. 아마 아는 것보다 모르는 게 훨씬 많을걸요."

개리가 웃으며 대답했다.

랭글리 선생님은 그런 개리를 빤히 쳐다봤다.

"칠판에, 씌어, 있었잖아."

선생님은 바보에게 이야기하듯이 천천히 그리고 또박또박 말해 줬다.

"어디요?"

선생님이 엄격한 소리로 대답했다.

"늘 씌어 있는 곳. 오른쪽 위 네모 칸에."

개리는 칠판을 봤다. 칠판 한구석에 네모 칸이 그려져 있고 그 안에 그날의 숙제가 적혀 있었다.

"학교 첫날부터 쭉 매일매일 저기에 숙제를 적어 놓았잖니. 그러니까 몰랐다는 말은 하지 말아라, 응?"

개리는 아무 말도 하지 못했다.

랭글리 선생님은 미심쩍은 눈초리로 개리를 뚫어져라 봤다.

"눈 검사 받아 본 적 있니?"

"아니요, 제 눈이 갈색인 건 잘 알고 있는걸요."

개리가 꿨던 꿈 중에서 가장 괴상했던 꿈은 바로 개리가 농담으로 범죄자를 잡는 슈퍼히어로가 된 꿈이었다. 악당들은 너무 웃다 쓰러졌다.

슈퍼 머저리, 은행 강도를 잡다! 이게 헤드라인이었다. 신문에는 복면을 쓴 강도 둘이 배를 움켜쥐고 미친 듯이 웃으면서 보도 위에 쓰러져 있고, 옆에는 그들에게 농담을 해 대는 개리 사진이 실려 있었다.

오늘 오후, '슈퍼 머저리' 개리 분이 연방준비은행이 털리는 것을 막았다. 현장에서 도망치는 무장 강도 두 명에게 머저리가 큰 소리로 농담을 쏟아 내자, 강도들이 도저히 웃음을 참지 못하고 그 자리에 거꾸러진 것. 머저리는 강도들이 심장에 총을 겨누고 있는데도 아랑곳하지 않고 경찰이 출동할 때까지 용감무쌍하게 농담을 계속 해 댔다.

머저리는 이렇게 말했다. "놈들이 저를 쏘지 못할 줄 알았어요. 그랬다가는 제일 웃기는 부분을 놓치게 되거든요."

독자들의 안전을 위해서 본지는 머저리의 농담을 싣지 않기로 방침을 정했다. 농담들이 너무나도 웃겨서 위험하다고 판단했기 때문이다. 게다가 나중에 슈퍼 머저리가 다른 위험한 악당을 잡을 때 이 농담들이 다시 필요해질 수도 있다.

개리는 울지 않는다. 늘 웃었다. 아프면 아플수록 더 웃었다.

어쩌다 필립 코빈과 부딪히는 바람에 필립이 먹던 막대아이스크림을 땅에 떨어뜨린 적이 있었다.

"미안해."

개리가 얼굴 가득 멍청한 웃음을 짓고 말했다.

"너는 이게 웃기냐, 머저리?"

"아니. 하, 하."

필립이 개리를 밀쳤다.

"미안하다고 했잖아. 하, 하."

필립이 다시 개리를 밀쳐서 땅에 넘어뜨렸다. 개리는 주위에 몰려든 사람들을 보며 씩 웃었다.

"주워!"

필립이 말했다.

개리는 아이스크림을 주워 들었다. 바닐라 아이스크림은 온통 흙투성이였다.

"아주 맛있어 보이는데. 하, 하."

필립이 말했다.

"먹어."

개리는 웃기만 했다.

"정말 머저리잖아!"

누군가 소리를 질렀다.

"먹으라니까!"

필립이 다시 말했다.

개리는 흙 묻은 아이스크림을 핥았다.

"맛있는 초콜릿 칩인걸. 하, 하."

"전부 먹어!"

개리는 아이스크림을 다시 입으로 가져갔다.

필립은 한 손으로는 개리 머리카락을, 다른 한 손으로는 개리 팔꿈치를 움켜잡고는 아이스크림을 개리 입 속으로 쑤셔 넣었다. 아이스크림 막대가 개리 목구멍을 찔렀다.

아이스크림이 턱으로 녹아내리는 동안에도 개리는 계속 웃었다.

03

개리에게는 여자 친구가 있다.

앤젤린(그 애 이름이다.)에게 내 여자 친구는 너라고 대놓고 말한 적은 없다. 그 애가 잠들었을 때 뺨에 딱 한 번 뽀뽀한 것 빼고는 입을 맞춘 적도 없다. 앤젤린은 개리보다 두 살 어려서 나이로는 아직 초등생이었다.

앤젤린은 개리 농담에 웃어 준다. 그냥 웃는 정도가 아니라 거의 숨이 넘어갈 듯이 웃었다. 배를 잡고 바닥에서 데굴데굴 구를 때도 있었다.

한번은 앤젤린이 개리에게 이렇게 말했다.

"오빠는 세상에서 제일 웃긴 사람이야."

"그건 모르는 일이야. 뉴질랜드에 가면 나보다 더 웃긴 사람이 있을지도."

개리가 겸손하게 말했다.

"아니야, 없어. 오빠가 제일 웃겨. 나는 알아."

앤젤린이 말하면 개리는 그대로 믿었다. 앤젤린은 아는 것이 많다. 다들 앤젤린을 천재라고 부른다, 개리만 빼고. 앤젤린이 그렇게 부르는 걸 싫어해서 개리는 그 애를 천재라고 부르지 않는다.

개리는 5학년 때 앤젤린을 처음 만났다. 앤젤린은 개리보다 두 살이나 어렸는데도 벌써 6학년이었다. 앤젤린은 전교에서 가장 똑똑했다. 선생님들보다 더 똑똑했다.

그러니까 앤젤린 퍼소폴리스(이건 그 애의 성이다.)가 세상에서 제일 웃긴 사람이 개리라고 했다면, 그건 정말로 개리가 세상에서 제일 웃긴 사람이라는 뜻이다. 개리 농담에 웃는 사람이 아무도 없다고 해도 전혀 문제가 되지 않는다.

요즘 앤젤린은 네브래스카주에 있는 영재 학교에 다니면서 천체물리학과 핵화학을 공부한다. 쉬는 시간에는 킥볼(발야구

와 피구를 합친 변형 발야구 게임:옮긴이)을 한다고 한다.

그런데도 개리는 학교에서 농담할 때 가끔은 수백 킬로미터나 떨어진 곳에 있는 앤젤린의 웃음소리가 들리는 것 같았다.

그날 개리는 앤젤린을 배웅하러 함께 공항에 갔다. 개리는 거스 아저씨와 미스터 본, 그리고 앤젤린의 아빠인 아벨 퍼소폴리스 아저씨와 함께 탑승구 앞에 섰다. 다들 슬퍼 보였다. 특히 아벨 아저씨는 금방이라도 울음을 터뜨릴까 봐 걱정될 지경이었다.

개리는 농담을 하나 던졌다.

"비행기에서 떨어지고도 살아남은 남자 얘기를 아세요?"

앤젤린이 물었다.

"낙하산을 갖고 있었어?"

"아니."

"그럼, 건초 더미나 뭐, 그런 데에 떨어졌을까?"

개리가 대답했다.

"아니, 비행기가 땅 위에 있었어."

앤젤린이 웃었다.

"농담이 아니라 실제로 낙하산도 없이 9,000미터 상공에 있는 비행기에서 추락했는데도 전혀 아프지 않았다는 남자가 있었어."

"진짜?"

"진짜로! 추락하는 동안에는 멀쩡했대. 그런데 추락이 멈추니까 엄청 아팠다는 거지!"

앤젤린이 또다시 웃음을 터트렸다.

아벨 아저씨가 개리에게 주의를 줬다. 지금은 비행기 추락에 관한 농담을 할 때와 장소가 아니라고.

"아니에요. 이게 바로 사고를 막는 방법이거든요. 어떻게 하면 비행기가 추락하지 않는지 아세요?"

"어떻게?"

앤젤린이 물었다.

"나는 듣고 싶지 않구나."

아벨 아저씨가 말했다.

"이건 농담이 아니에요. 비행기가 추락하는 모습을 떠올리면 돼요. 비행기가 추락하는 모습을 상상해 보세요. 비행기가 추락하는 모습을 머릿속에 꿈꿔 보는 거예요. 왜냐하면……"

개리가 딱 잘라 말했다.

"꿈은 절대로 이루어지지 않으니까요."

⌣

혼자서 비행기를 타는 아이를 위한 배려로 앤젤린은 비행기에 가장 먼저 탑승하게 됐다. 앤젤린은 탑승구에 들어서자마자 울기 시작했다. 앤젤린은 아빠의 외침을 들었다.

"잘 다녀와라, 앤젤린!"

앤젤린은 도저히 아빠 쪽을 돌아볼 수가 없었다.

아빠와 떨어지는 건 이번이 처음이다. 엄마는 앤젤린이 겨우 세 살 때 세상을 떠났다.

승무원이 앤젤린의 손을 잡고 자리로 데려다줬다.

앤젤린은 영재 학교에 가고 싶지 않았다. 사람들이 자기를 그렇게 영리하다고 생각하지 않았으면 싶었다.

앤젤린이 자리에 앉자 승무원이 말했다.

"내 이름은 폴라야. 뭐든 필요한 게 있으면 말하렴."

앤젤린은 고개를 젓고는 손등으로 얼굴을 닦았다.

앤젤린은 창밖을 내다봤다. 필요한 것은 아무것도 없었다.

단지…….

"폴라 언니!"

앤젤린이 부르자 승무원이 다가왔다.

"언니, 웃긴 농담 좀 알아요?"

04

플로이드 힉스 중학교의 이름은 1903년 11월 16일에 태어나 1969년 1월 14일에 죽은, 돈이 아주 많고 재미없는 한 남자의 이름을 딴 것이다. 그 남자는 학교 지을 땅을 기증했고 자서전도 썼다. 학교 도서관에는 이 자서전이 열 권이나 있었다. 하지만 아무도, 심지어는 사서 선생님들마저도 이 책의 첫 챕터조차 읽지 않았다.

하지만 학교 이름이 플로이드 힉스 중학교이기 때문에 학교에서는 매년 11월 16일에 이 위대한 남자를 기리는 행사를 연다. 올해 열리는 행사는 장기 자랑 대회였는데 이건 참 우스운 일이었다. 플로이드 힉스라는 남자는 장기라고는 하나도 없는 사람이었기 때문이다.

학교에 온 개리는 장기 자랑 대회 포스터를 발견했다.

노래할 줄 아세요? 춤을 잘 추나요?

아니면 튜바를 불 줄 아세요?

플로이드 힉스가 여러분을 기다립니다.

장기 자랑 대회에 참가하세요!

개리는 행정실로 직행했다.

행정실은 서무과장인 월스 선생님과 얘기하려는 애들과 어른들로 북새통이었다. 월스 선생님은 계속해서 울려 대는 전화를 받느라 정신이 없었다. 개리는 마음을 졸이며 자기 차례를 기다렸다.

"이건 굉장한 기회야."

개리가 중얼거렸다.

"뭐라고?"

개리 옆에 상자를 들고 서 있던 아주머니가 물었다.

"네?"

개리는 그 아주머니를 쳐다봤다.

그때 종이 울렸다.

개리가 중얼거렸다.

"잘한다. 이젠 수업에도 늦겠네."

"나한테 하는 말이니?"

상자를 든 아주머니가 물었다.

"네?"

개리가 또 되물었다.

개리는 강당 무대에 서서 쉴 새 없이 농담을 쏟아 내는 자신과 배꼽을 잡고 데굴데굴 구르는 관객을 상상해 봤다. 단번에 인기인이 되겠지. 전에는 말도 걸지 않던 애들이 개리 농담을 더 듣기 위해 모여들 것이다.

"개리, 넌 너무 웃겨!"

1학년 중에서 가장 인기 있는 여자애 브렌다 톰프슨이다.

개리는 대답한다.

"개리 말고 머저리라고 불러."

"뭐니, 개리?"

"그냥 머저리라고 부르세요."

윌스 선생님은 개리를 빤히 바라봤다.

개리가 슬쩍 웃은 다음 말했다.

"음, 저 등록하려고요."

"뭘?"

개리 옆에 있던 아주머니가 상자를 카운터 위에 내려놓았다.

"장기 자랑 대회 말이에요. 이번에 열리는 장기 자랑 대회에 나가고 싶어요."

"그래서?"

"어떻게 해야 나갈 수 있어요?"

"모른다."

"누구 알 만한 다른 분 없을까요?"

윌스 선생님은 한숨을 내쉬고는 행정실 안쪽으로 들어갔다가 잠시 후에 다시 나왔다. 행정실에는 장기 자랑 대회에 관해 아는 사람이 아무도 없었다. 관심도 없어 보였다. 그들은 모두 개리가 왜 수업에 들어가지 않았는지만 궁금해할 뿐이었다.

"장기 자랑 대회 한번 나가기 힘드네."

개리는 교실로 향하면서 큰 소리로 불평했다. 주위에는 온통 장기 자랑 대회에 나가서 네 재주를 뽐내라고 꼬드기는 포스터가 붙어 있었다. 1등 상은 100달러짜리 저축증서, 2등 상은 줄루 레코드 가게의 25달러짜리 상품권, 그리고 3등 상은 모리샤 아이스크림 가게의 아이스크림선디 무료 쿠폰 두 장.

정작 어디에서 어떻게 참가 신청을 해야 하는지는 어느 포스터에도 씌어 있지 않았다.

쿨한 척은 이제 그만!
장기 자랑 대회에 나와
마음껏 망가져 보세요!

"망가지는 건 또 내가 잘하지!"

개리가 말했다.

장기 자랑 대회는 11월 16일이라고 했다. 오늘이 며칠인지는 몰라도 10월이란 것만은 분명했다. 장기 자랑 준비에 한 달 정도 시간이 남았다는 뜻이었다.

"참가 신청을 하는 데만 한 달 걸리는 거 아냐?"

개리가 투덜거렸다.

칼라일 선생님은 뒤늦게 교실로 들어오는 개리를 힐끗 봤을 뿐 아무런 말도 하지 않았다. 칠판에 오늘 날짜가 적혀 있었다. 10월 23일 화요일. 개리는 자리에 앉아 날짜를 계산해 봤다. 처음에는 10월이 30일까지 있는지, 31일까지 있는지 헷갈렸다. 그러다 문득 핼러윈 데이가 10월 31일이라는 사실이 떠올랐다. 장기 자랑 대회는 금요일에 열릴 것이다. 정확히 3주하고도 3일이 남아 있었다.

수업이 끝나고 개리는 칼라일 선생님에게 물었다.

"장기 자랑 대회에 나가려면 어디에서 참가 신청을 해야 할까요?"

칼라일 선생님은 질문 자체를 이해하지 못한 것 같았다.

"장기 자랑 대회는 학생들이 나가는 거지, 선생님들이 나가는 게 아니야."

"알아요. 제가 나가고 싶어서 그래요. 누구한테 말해야 하는지 아세요? 말도 안 하고 무작정 무대 위로 올라가서 하는 건 아닐 거잖아요. 그렇죠?"

"그렇겠지."

대답은 그렇게 했지만 누구한테 말해야 하는지는 칼라일 선생님도 몰랐다.

"참, 그 얘기 들으셨어요? 앞으로는 연필이 더 이상 나오지 않는대요."

"뭐라고?"

"지금도 길이가 충분히 길기 때문이죠!"

수학 시간, 개리는 자리에 앉아 랭글리 선생님을 보고는 있었지만 선생님 말을 듣고 있지는 않았다. 기분 나쁜 꿈을 꾸고 있는 것 같았다. 사물함을 열려고 하는데 어찌 된 일인지 절대 안 열리는 그런 꿈.

개리는 5교시 체육 시간까지 기다렸다가 조 리드에게 물어보기로 했다. 조라면 알겠지.

"개리, 칠판에 숙제 적어 놨다."

쉬는 시간에 교실을 나가려는 개리에게 랭글리 선생님이 말했다.

개리는 힐끗 칠판을 봤다. 칠판에 숙제가 적혀 있는 건 이미 알고 있었다. 벌써 받아 적어 놨다. 선생님이 매번 말해 줄 필요는 없다.

"선생님은 나를 뭐라고 생각하는 거야? 바보인 줄 아나?"

운동장으로 나오자 5교시까지 기다리면 안 되겠다는 생각이 들었다. 이미 신청이 끝났으면 어떡하지? 조가 오늘 결석했으면?

그때 아이라 펠드먼이 화단 가에 앉아 야구 카드를 들여다보고 있는 모습이 눈에 띄었다.

"안녕, 아이라?"

개리가 아는 척을 했다.

"머저리네."

아이라는 그렇게 중얼거리고 다시 야구 카드로 눈을 돌렸다.

아이라는 야구 카드를 천 장도 넘게 갖고 있었다. 하지만 왠지는 몰라도 학교에는 여덟 장씩만 가지고 왔다.

개리가 물었다.

"그 얘기 들었어? 내년부터는 야구 배트가 더 이상 나오지 않는대."

"뭐? 말도 안 돼. 알루미늄 배트만으로는 안 돼! 알루미늄 배트는 갖다 대기만 해도 안타가 나온다고. 그건……."

개리는 아이라가 무슨 말을 하는지 알아들을 수가 없었다. 알루미늄 배트인지 나무 배트인지는 말도 꺼내지 않았기 때문이다. 개리가 얼른 끼어들었다.

"지금도 배트의 길이가 충분히 길기 때문이지!"

"뭐?"

"배트 길이가 더 이상 나오지 않을 거야. 이미 충분히 길거든."

아이라는 야구 선수들이 좋아하는 배트가 저마다 어떻게 다른지를 끊임없이 떠들어 댔다. 예를 들어 로드 커루는 아주 짧은 배트를 사용했고 윌리 스타겔은 긴 배트를 썼다.

개리는 지금 말하고 있는 사람들이 누군지 전혀 몰랐지만 고개를 끄덕여 줬다.

"그래서, 장기 자랑 대회에 대해 아는 거 있어?"

"아니, 모르는데."

"참가 신청을 어디서 하는지도 모르겠네?"

아이라가 어깨를 으쓱했다.

"너무 늦은 건 아니겠지?"

아이라는 그것에 관해서도 전혀 몰랐다.

개리는 앤젤린에게 얘기할 수 있다면 좋을 텐데 하고 생각했다. 그 애라면 장기 자랑에 대해서도 잘 알고 있을 테니까. 지금 수천 킬로미터나 떨어진 다른 학교에 있다는 사실은 문제가 되지 않았다. 앤젤린은 어떻게든 알 것이다.

폴 워튼버그, 라이언 어트, 매트 휴즈가 잔디밭에 앉아 있었다.

개리가 그들에게 다가가 물었다.

"4월의 봄비가 5월의 꽃을 불러온다면 5월의 꽃이 불러오는 건 뭐게?"

"네 궁둥짝!"

라이언의 대답이다.

"용건이 뭐냐, 머저리?"

폴이 물었다.

"조 리드 못 봤어?"

개리가 묻자 매트가 대답했다.

"응, 보기야 봤지, 어제."

폴과 라이언이 웃음을 터뜨렸다.

개리가 물었다.

"장기 자랑 대회에 나가고 싶으면 어떻게 참가 신청을 해야 하는지 아는 사람 있어?"

"네 궁둥짝에다 하면 되지."

라이언이 말했다. 라이언은 '궁둥짝'이라는 말에 꽂혀 있는 게 분명했다.

"그런 건 왜 묻는 거야, 머저리?"

폴이 다시 물었다.

개리는 이미 장기 자랑 대회에 나가고 싶어서 참가 신청을 하려고 한다고 말했다.

"장기 자랑 대회에 나가려고."

"춤이라도 추려고? 머저리 댄스?"

매트가 물어보자 나머지 둘이 킥킥대며 웃었다.

"나는 농담을 할 거야."

개리가 대답하자 폴이 말했다.

"그럼 하나 해 봐."

개리는 잠깐 생각했다.

"집 나간 소를 뭐라고 하지?"

애들이 개리를 빤히 보기만 했다.

"간 소고기."

애들은 여전히 개리를 빤히 보기만 했다. 이윽고 매트가 말
했다.

"춤이 낫겠다."

라이언도 이렇게 말했다.

"나는 매일 아침에 눈을 뜰 때마다 말이지, 내가 개리 분이
아니라는 사실에 감사해."

그때 누군가 개리 어깨에 손을 얹었다.

"개리."

여자애 목소리였다.

뒤를 돌아보니 브렌다 톰프슨이 서 있었다.

브렌다 톰프슨이 개리에게 말을 건 것은 이번이 처음이다. 브렌다가 개리 몸에 손을 댄 것도 마찬가지로 처음이고.

"장기 자랑 대회에 나가고 싶다고?"

브렌다는 진심으로 궁금해하는 것 같았다.

"아직 늦지 않았다면."

"랭글리 선생님께 가서 말해 봐. 랭글리 선생님이 담당 선생님이야."

"고마워, 브렌다."

개리가 대답했다.

"고마워, 브렌다."

폴이 개리 흉내를 내서 말했다. 그런데 개리보다는 브렌다를 놀리는 것 같았다.

"우우!"

매트가 마치 브렌다와 개리 사이에 뭔가 있다는 것처럼 소리를 질렀다. 다들 이 장난이 굉장히 재밌다고 생각하는 것 같았다.

브렌다가 경멸하는 눈초리로 그 애들을 흘겨보며 말했다.

"꿈들 깨라, 응?"

장기 자랑 대회는 애당초 브렌다 톰프슨의 아이디어였다. 학생회 회의 때 재미있을 거라며 제안했다.

"바보 같은 생각이야. 전교생 앞에서 망가지고 싶어 하는 건 바보들뿐이라고."

2학년 필립 코빈이 말했다.

"아냐, 재미있을 거라니까."

브렌다가 다시 말했다.

대부분은 필립 말이 옳다고 생각했다. 하지만 결국에 가서는 장기 자랑 대회에 찬성표를 던졌다. 브렌다가 학교에서 제일 인기 있는 애인 데다가 플로이드 힉스의 생일을 기념할 만한 더 좋은 아이디어도 없었다.

사실 브렌다가 장기 자랑 대회를 열자고 제안한 이유는 그냥 재미있을 것이라는 생각 때문은 아니었다. 브렌다는 직접 무대 위에서 노래할 기회를 노렸다. 자기가 마돈나의 뒤를 이을 존재라고 생각했으니까.

브렌다는 이런 속마음을 누구에게도 말할 생각이 없었다. 그냥 주위에 이 정도로만 말할 생각이었다.

"제안한 사람이니까 나도 나가야겠지? 음, 그런데 뭘 해야 할지 모르겠네. 노래나 한 곡 부를까 봐."

그리고 장기 자랑 대회가 있던 날, 할리우드의 거물급 제작자가 람보르기니를 타고 근처를 지나가다 타이어에 펑크가 난다. 타이어를 수리하는 동안 제작자는 학교 장기 자랑 대회를 알리는 포스터를 발견한다. 달리 재미있는 일도 없었던 제작자는 장기 자랑 대회를 구경하기로 한다. 그리고 대회에서 브렌다가 노래하는 모습을 본 제작자는 즉각 무대 뒤로 달려가 브렌다와 음반 녹음과 영화 출연 계약을 맺는다.

브렌다는 그길로 곧장 제작자의 빨간색 컨버터블에 올라 머리카락을 바람에 날리며 할리우드로 향한다.

"한 가지 문제가 있어. 네 이름 말이야, 브렌다 톰프슨. 너무 평범해."

제작자가 말한다.

"무슨 말인지 알아요. 나도 늘 내 이름이 싫었어요."

브렌다가 동의한다.

"루비 골드마인이라고 부르면 어떻겠니?"

"좋아요. 마음에 들어요!"

브렌다의 이 달콤한 꿈은 곧 물거품이 될 판국이었다. 브렌다가 조금 전에 확인해 봤더니 장기 자랑 대회에 나가겠다고 신청한 사람이 하나도 없었던 것이다! 나가겠다고 한 사람이 아무도 없는데 자기가 먼저 이름을 올릴 수는 없는 노릇이었다.

만약 장기 자랑 대회에 참가 신청을 한 사람이 브렌다뿐이라면 얼마나 망신스럽겠는가! 끔찍한 일이었다.

쉬는 시간이 끝나자마자 개리는 랭글리 선생님을 찾아갔다.

"개리, 여기서 뭐 하니?"

"장기 자랑 대회에 나가고 싶어요."

거의 소리를 지르다시피 대답했다.

"좋아."

선생님이 미소 지으며 조용히 말했다.

두 사람은 안으로 들어갔다. 선생님은 개리에게 연필이 한 자루 매달려 있는 클립보드를 내밀었다.

"여기에 이름을 쓰고 그 옆에 장기 자랑 대회에서 무엇을 할 건지 적으렴."

개리는 텅 빈 흰 종이를 바라봤다.

"신청자가 한 명도 없네요."

"네가 첫 번째야."

걱정거리가 사라지자 개리는 웃음이 나왔다. 왜 그렇게나 걱정했는지 이제는 이유도 생각나지 않았다. 무엇보다 다른 애들은 다 하는데 자기만 참가 신청을 못 할 까닭이 없지 않은가.

개리는 클립보드를 머리 위로 들어 올렸다.

"뭐 하니?"

"이름을 올리고 있어요!"

그리고 이렇게 적었다.

개리 W. 분   농담

(개리의 가운데 이름은 실은 아서(Arthur)였다.)

05

소년이 파티에 기저귀를 차고 간 까닭은?

똥물을 끼얹는 사람이 되기 싫어서.

이 농담은 몇 번을 읽어도 웃겼다.

개리는 방에서 유머집을 훑어보고 있었다. 개리의 책장에는 책이 스물여덟 권 꽂혀 있는데 그중 스물다섯 권이 유머집이었다. 사전도 있고 《웨이사이드 학교의 삐딱한 산수》라는 이해 못할 책도 있었다. 그리고 예전에 앤젤린이 선물한 해적 소설도 있지만 펼쳐 볼 생각도 하지 않았다.

"학교에서 '똥물'이라는 말을 써도 될까?"

개리가 크게 소리 내어 말했다.

개리의 방에는 유명 코미디언들 포스터가 잔뜩 붙어 있었다. 포커를 치는 W. C. 필즈, 클라리넷을 부는 우디(Woody) 앨런, 공중으로 뛰어오른 우피(Whoopy) 골드버그, 그리고 누가 더 바보처럼 보이는지 경쟁이라도 하듯 나란히 선 로빈 윌리엄스(Williams)와 조너선 윈터스(Winters).

언젠가 개리는 자기가 좋아하는 코미디언 가운데 많은 사람의 이름에 'W'가 들어 있다는 것을 발견했다. 개리가 자기 이름을 '개리 W. 분'이라고 쓰는 것도 그런 이유에서였다. 누가 물어보면 가운데 이름이 '볼프강(Wolfgang)'이라고 대답할 작정이었지만 물어보는 사람은 아무도 없었다.

"기저귀를 차고 무대에 오르면 어떨까?"

개리는 상상했다.

"'안녕하세요? 저는 머저리라고 해요. 이 자리에 서니까 정말 기분 좋네요!' 내 기저귀를 보고 이미 다들 웃고 있겠지. '제가 왜 기저귀를 차고 있는지 궁금하시죠?' (하나, 둘, 셋을 센 다음.) '파티에 똥물을 끼얹는 사람이 되기 싫어서예요.'"

개리는 전에 코미디언들이 텔레비전에 나와서 스탠드업 코미디에 대해 얘기하는 모습을 본 적 있었다. 코미디언들은 타이밍이 제일 중요하다고 입을 모았다. 결정적인 대사를 그냥 바로 말하면 안 된다는 것이다. 한 코미디언은 이렇게도 말했다.

"아무리 웃긴 농담이라도 타이밍을 맞추지 못하면 썩은 달걀처럼 못 쓰게 되고 말죠."

그 코미디언은 결정적 대사를 하기 전에 속으로 천천히 셋까지 센다고 덧붙였다.

"내가 정말 학교에 기저귀를 차고 갈 수 있을까?"

개리가 자문하고는 어깨를 으쓱했다.

"그럼! 못 할 이유는 뭐야?"

다만 이번에는 파티가 아니라 장기 자랑 대회였다. 그러니까 '파티에 똥물을 끼얹은 사람이 되기 싫어서'라고 하면 말이 안 된다.

"말이 안 되니까 더 웃길 수도 있으려나?"

생각해 볼 문제였다.

개리는 유머집을 좀 더 뒤적였다.

굶주린 배로 글을 쓰면 안 되는 이유는?

연필로 쓰는 편이 나으니까.

개리는 농담을 몇 개나 준비해야 할지 궁금했다. 시간이 얼마나 주어질까? 보통 스탠드업 코미디 하나에 8분 정도 걸리지만 학교 장기 자랑 대회는 다를 수도 있다. 개리는 농담 하나에 시간이 얼마나 걸리는지도 몰랐다. 그리고 얼마나 오랫동안 관객들이 웃도록 놔둬야 하는지도.

생물 시험에 이런 문제가 나왔다.
'발 모양을 보고 새의 이름을 맞추시오.'
한 여자애가 선생님에게 질문했다.
"발 모양만 보고 어떻게 새의 이름을 알아맞혀요?"
"다른 학생들은 다 아는 문제야. 그런데 넌 이름이 뭐니?"
여자애가 발을 책상 위에 턱 얹었다.
"자, 알아맞혀 보시죠."

물론 유머집에서 농담을 열다섯 개에서 스무 개 정도 골라내는 것으로 준비가 끝나는 게 아니라는 것을 개리도 잘 알고 있었다. 농담과 농담은 서로 관련되어 있어야 한다. 한 농담이 다음 농담을 자연스럽게 이끌어 내야 한다. 농담이 부드럽게 흐르듯이 이어져야 하는 것이다.

개리는 새에 관한 농담 다음에 다른 동물에 관한 농담을 넣기로 했다.

이렇게 말하는 거다.

"동물 얘기가 나와서 말인데, 개구리 뛰어넘기 대회라고 들어 봤나요? 우리 아버지가 거기서 우승하셨어요. (하나, 둘, 셋을 센 다음.) 무려 서른다섯 마리나 뛰어넘었다니까요!"

유머집에는 개구리 서른다섯 마리를 뛰어넘은 사람이 그냥어떤 아저씨라고 되어 있었다. 하지만 텔레비전에 나왔던 코미디언들은 구체적으로 어떤 사람인지가 나와야 농담이 더 재미있다고 이구동성으로 말했다. 가능하다면 가족 중 누군가를 등장시키라는 말이다.

개리는 자기가 아직 어려서 장모가 없다는 것이 못내 아쉬웠다. 결혼했다면 개구리 서른다섯 마리를 뛰어넘은 사람이 장모였다고 말할 수도 있을 텐데.

"사실 우리 식구들은 모두 높이뛰기를 아주 잘해요. 저만 해도 우리 집보다 더 높이 뛰는걸요. 1미터나 뛸 수 있답니다. (하나, 둘, 셋을 센 다음.) 우리 집은 전혀 뛸 줄 모르거든요.”

아니야. 1미터나 뛴다고 말하는 대신에 무대 위에서 바로 깡충 뛰는 모습을 보여 주는 편이 더 나겠어. 스탠드업 코미디라고 해서 그냥 서 있기만 하기보다는 돌아다니면서 웃기는 편이 더 효과적일 테니까.

코가 파업에 들어가면?

그때 누군가 방문을 벌컥 열었다. 순간 심장이 멎는 줄 알았다. 개리는 슬그머니 유머집을 덮었다.

“뭐 하니?”

엄마였다.

개리는 뒤돌아보고 웃었다. 개리의 부모님은 개리에게 학교 숙제를 끝내기 전에는 유머집을 보지 않는다는 규칙을 정해 두고 있었다.

“숙제하는 거 같지는 않은데.”

“숙제 비슷한 거예요. 학교 일이거든요.”

사람들은 종종 개리더러 엄마랑 똑같이 생겼다고 말했다. 개리는 이 말이 싫었다. 엄마가 못생겨서가 아니라 자기가 마흔네 살이나 먹은 여자 어른이랑 똑같다는 게 마음에 안 들었다. 개리와 엄마는 둘 다 얼굴이 둥그렇고 입이 컸다. 코는 조금 납작했으며 눈은 작고 약간 튀어나왔다.

개리는 엄마에게 장기 자랑 대회 소식을 알렸다.

"그것참 멋지구나."

하나도 멋지다고 생각하지 않는 듯한 말투로 엄마가 말했다.

"1등 상이 100달러라고요!"

그 말에도 엄마는 무덤덤했다.

"네가 1등을 하면 좋겠구나. 그래도 숙제가 먼저란다. 안 그러면 그 바보 같은 유머집을 몽땅 쓰레기통에 던져 버릴 테니까. 농담 아니야."

"하지만 정말 중요한 일이에요. 학교 숙제만큼이나 중요하다고요. 실은 더 중요하죠. 정말로요! 나중에 저는 스탠드업 코미디언이 될 거니까요. 그러니까 역사나 수학 같은 건 아무런 쓰잘머리도 없어요!"

엄마도 물러서지 않았다.

"그래, 좋아. 하지만 당장은 숙제를 끝내렴. 유머집은 그만 뒤적이고."

"있잖아요, 엄마. 내가 유명한 코미디언이 되고 나면요. 엄마는 지금 했던 말이 민망해질 거예요."

엄마가 웃었다.

"제발 그랬으면 좋겠다."

이번에는 엄마도 진심인 것 같았다. 코미디언이 되는 게 아들의 유일한 희망인 것처럼.

"엄마, 코가 파업에 들어가면 어떻게 해야 할까요?"

"피케팅해야지.('시위할 때 드는 피켓' 또는 '피켓을 들고 시위하다.'라는 뜻의 'picket'과 '코를 후비다.'는 뜻의 'pick it.'을 이용한 말장난: 옮긴이)"

엄마는 방문을 이미 나서며 뒤도 안 돌아보고 대답했다.

엄마도 알고 있는 농담이었다. 유머집에는 엄마도 아는 농담뿐이었다.

06

조 리드가 개리 어깨에 손을 얹고는 눈을 똑바로 바라보며 말했다.

"오늘은 진지하게 할래, 아니면 또 장난이나 치고 돌아다닐 래?"

"진지하게 할게."

개리가 약속했다.

"좋아."

조가 말하며 손뼉을 쳤다.

개리도 따라서 손뼉을 쳤다.

개리는 조가 좋았다. 조는 인기가 많은 데다가 운동을 아주 잘하면서도 누구에게나 공평하게 대했다. 머저리한테까지도.

조는 체육 시간에 하는 플래그 미식축구에서 개리네 팀 주장을 맡고 있다. 플래그 미식축구를 할 때에는 모든 선수가 체육복 위에 찍찍이로 플래그가 붙어 있는 특별한 벨트를 맨다. '플래그'란 기다란 나일론 천으로, 상대방에게 태클을 거는 대신 플래그 가운데 하나를 당기는 것이 플래그 미식축구의 규칙이었다.

팀원들이 조 주위에 모여 있었다.

개리는 조금 전 조의 플래그에 대고 국기에 대한 맹세를 하는 흉내를 냈다. 조가 개리에게 진지하게 할 건지 아니면 장난만 칠 건지를 물은 것은 이 때문이었다.

조는 개리를 바라봤다.

"공 받을 수 있지?"

개리는 자신 있게 고개를 끄덕였다.

"좋아. 상대 팀이 너는 막을 생각도 안 할 거야. 내가 브라이언에게 공을 넘기는 척하면……."

"내가 머리로 받을게."

조가 말을 멈추고 개리를 뚫어지게 봤다.

"정말 받을 수 있겠어?"

개리는 재미난 대답을 하려고 머리를 굴렸다.

"발로 말이야?"

조는 어이없다는 듯이 고개를 돌렸다.

브라이언이 끼어들었다.

"손으로 말이야, 머저리야!"

"그럼 왜 미식'축구'라고 해? '핸드볼'이라고 해야지."

조는 개리의 말을 무시하고 선수들을 불러 모았다.

"좋아, 브라이언. 내가 너한테 공을 던지는 척하면 너는 왼쪽으로 뛰어. 더그와 잭은 중앙을 가로질러 오른쪽으로 뛰고."

"나는 뭘 할까?"

개리가 물었다.

"둘에게 하이크(미식축구에서 플레이를 시작할 때 센터가 공을 쿼터백에게 패스하는 것:옮긴이)나 해 줘."

"네, 주장!"

개리가 주장에게 경례했다.

개리는 공 위로 몸을 숙였다. 하나, 둘을 세고 다리 사이로 공을 조에게 넘겼다. 조는 공을 잭에게 던졌고 잭은 공을 안고 달려가 터치다운에 성공했다.

"좋았어!"

조가 기뻐하면서 개리 등을 토닥였다.

"아주 잘했어, 머저리. 최고였어."

"고마워. 그런데 미식축구공을 왜 돼지가죽이라고 부르는지 알아?"

조는 운동장 끝으로 달려 내려갔다.

"조, 미식축구공을 왜 돼지가죽이라고 하는지 아느냐고!"

개리가 조의 등에 대고 외쳤다.

개리는 조가 잭과 하이 파이브를 하는 것을 지켜보면서, 자기도 늘 하이크만 하는 대신 언젠가는 공을 받아 보고 싶다고 생각했다.

07

개리는 엘리베이터를 타고 4층으로 갔다. 오래된 엘리베이터
는 덜컹거리며 삐걱삐걱 소리를 냈다. 금방이라도 멈춰 설 것
같았다. 개리는 종종 엘리베이터에 갇혔다가 구조되는 경험도
재미있겠다고 생각했다. 그러나 덜컹거리며 삐걱거리는 소리를
낼망정 이 엘리베이터는 한 번도 중간에 멈춰 선 적은 없었다.
적어도 개리가 타고 있을 때는.

개리는 앤젤린네 아파트 문을 두드렸다. 아벨 아저씨가 문을
열어 줬다.

"안녕, 개리? 밥은 먹고 다니냐?"

아벨 아저씨가 물었다.

"네, 그레이비소스를 끼얹은 으깬 감자요."

개리가 농담을 던지고는 안으로 들어갔다.

"앤젤린은 어디 있어요?"

아벨 아저씨는 의아하다는 표정을 지었다.

"학교에 있지."

개리 가슴이 덜컥 내려앉았다.

"앤젤린이 아침에 집이라고 했는데요, 전화로요."

"그럴 리가. 꿈이라도 꾼 거 아니냐?"

개리는 어리둥절해하며 어깨를 으쓱했다.

"와아! 놀랐지?"

앤젤린이 소파 뒤에서 펄쩍 뛰어오르며 소리쳤다.

개리도 덩달아 펄쩍 뛰고는 곧 웃음을 터뜨렸다.

앤젤린도 함께 웃었다.

앤젤린은 개리보다 겨우 두 살 아래였지만 실제로는 더 어려 보였다. 몸무게가 30킬로그램도 안 될 거다.

개리는 아벨 아저씨를 돌아봤다.

"속았지?"

아저씨가 말했다.

개리는 미소 지었다. 아벨 아저씨는 항상 태도가 딱딱하고 진지했다. 그런 아저씨가 장난을 쳤다고 생각하니 기분이 좋았다.

"오빠, 새로운 농담 없어?"

앤젤린이 물었다.

"이야기보따리에서 이번엔 어떤 이야기가 나오려나?"

아저씨도 물었다.

개리가 씩 웃었다.

"좋아요, 하나 갑니다. 스니츠베리 여사가 눈을 감고 거울 앞에 선 까닭은?"

앤젤린과 아저씨가 서로 마주 봤다.

"몰라. 왜 그랬대?"

앤젤린이 잔뜩 기대하는 얼굴로 물었다.

"자고 있을 때 어떤 얼굴일지 궁금해서."

앤젤린이 웃음을 터뜨렸다. 지금껏 들어 본 농담 중에서 제일 웃겼다.

아저씨도 웃음 짓고는 둘만 남겨 둔 채 부엌으로 갔다.

개리와 앤젤린은 소파에 앉았다. 앤젤린이 집에 오면 잠을 자는 곳이기도 했다. 펼치면 침대가 되는 소파였다.

"이제는 주말마다 집에 올 거야."

앤젤린이 알려 줬다.

"와, 그거 잘됐다!"

"그러니까 크로케도 다시 할 수 있어."

"모자는 많이 모아 뒀어."

앤젤린의 얼굴이 밝아졌다.

"학교는 어때?"

개리가 물었다. 그러고는 목소리를 낮춰 다시 말했다.

"뭔가 비밀 임무를 수행하고 있니?"

"아니."

개리가 턱을 문지르면서 앤젤린을 빤히 바라봤다.

"물론 너는 그렇게 대답해야 하겠지."

"비밀 임무 같은 건 없어."

앤젤린이 되풀이해서 말했다.

개리는 잘 알겠다는 듯 고개를 끄덕거리며 말했다.

"비밀은 보장할게."

"몇 가지 빼고는 대부분 지겨운 것들이야. 선생님들은 우리 머릿속에 뭔가를 잔뜩 집어넣으려고만 해. 내 머릿속은 비워야 하는데, 채울 게 아니라."

개리가 고개를 끄덕였다. 앤젤린과 함께 있을 때는 앤젤린이 무슨 말을 하는지 자기가 이해하는 것 같았다. 그러나 집에 와서 다시 생각해 보면 무슨 말인지 전혀 모른다는 것을 깨닫곤 했다.

"내 머릿속은 텅 비어 있지만 아무 도움이 안 돼."

개리가 머릿속이 텅 빈 걸 확인해 보기라도 하려는 것처럼 주먹으로 자기 머리를 '똑똑' 노크했다.

그걸 보고 앤젤린이 웃었다.

"우리 학교에서 장기 자랑 대회가 열릴 거야."

개리가 말했다.

"그거 잘됐네! 농담을 하면 되겠다."

개리는 손바닥으로 이마를 툭 쳤다.

"내가 왜 그 생각을 못 했을까."

"그게 언젠데?"

"11월 16일."

"플로이드 힉스의 날?"

앤젤린이 중얼거렸다. 앤젤린은 머릿속으로 뭔가를 재빨리 계산하더니 소파를 주먹으로 내리쳤다.

"아냐! 토요일에 하면 안 되나?"

"금요일 밤이야. 너도 시간 맞춰 올 수 있을지도 몰라."

개리의 말에 앤젤린이 고개를 저었다.

"안 될걸. 공항버스 출발 시간이……. 음, 어쩌면……."

"1등 상이 100달러야."

"그래? 하지만 그건 중요하지 않아."

개리는 앤젤린이 왜 그렇게 말하는지 궁금했다. 100달러면 큰돈 아닌가? 아니면 내가 1등을 할 가능성이 전혀 없다고 생각하는 걸까?

"오빠는 장기 자랑 대회에서 스니츠베리 여사 얘기만 하면 돼. 그게 제일 재미있어."

앤젤린이 제안했다.

"글쎄. 스니츠베리 여사가 누구인지 아무도 모르는데."

"그 아줌마가 누구인지는 우리도 모르잖아."

사실이었다.

"하지만 우리는 그 아줌마가 누구인지 모른다는 사실은 알고 있잖아."

개리가 지적했다.

개리는 언젠가 앤젤린에게 폴란드 사람에 관한 농담을 하나 들려준 적이 있었다. 개리가 기억하기로는 앤젤린이 자기 농담을 듣고 웃지 않은 건 그때가 유일했다. 앤젤린은 인종에 관한 농담은 좋아하지 않았다. 그런 농담은 너무 잔인하다고 했다.

"그냥 농담일 뿐이잖아."

개리는 애써 핑계를 댔지만 속으로는 앤젤린 말이 옳다고 생각했다.

그 후로 개리는 폴란드인이든 흑인이든 유대인이든 이탈리아인이든, 어떤 민족을 놀림감으로 삼는 농담은 하지 않았다. 대신에 오직 한 사람, 스니츠베리 여사만을 놀림감으로 삼았다. 스니츠베리는 개리 머릿속에서 우연히 툭 튀어나온 이름이다.

"스니츠베리 여사가 골프 치러 갈 때 항상 바지를 두 겹으로 입는 이유는?"

"왜 그러는데?"

앤젤린이 이마에 주름을 잡고 물었다.

"홀인원이 될까 봐!(골프에서 홀 컵에 볼을 한 번에 넣는 것을 말하는 'a hole in one'이 '구멍 하나'라는 말과 같은 것을 이용한 농담:옮긴이)"

앤젤린이 배꼽을 잡고 웃었다.

"오빠가 우리 학교에 다니면 좋을 텐데. 거긴 농담할 줄 아는 애가 하나도 없어."

"그러게. 내 아이큐가 한 3,000쯤 되면 될 텐데."

앤젤린이 얼굴을 조금 붉히고는 고개를 돌렸다.

"거기에는 마음에 맞는 애가 없어?"

"롤라 베인스라는 애는 좋아. 롤라는 벌레를 수집해서 신기한 실험을 해. 벌레들에게 미로찾기를 가르치거든. 벌레들이 미로찾기를 익히면 갈아서 다른 벌레들에게 먹여. 벌레는 원래 다른 벌레를 먹지 않는데 억지로 먹이는 거야."

개리는 이해가 간다는 듯이 머리를 끄덕였다.

앤젤린이 계속 말했다.

"미로찾기를 익힌 벌레들을 먹은 새로운 벌레들은 단번에 미로에서 빠져나온다고 해. 연습 한 번을 안 하고서도!"

"정말? 그거 굉장한데! 근데 그…… 그게, 무슨 실험이야?"

"몰라."

"참 이상하네. 절대 진짜로 하겠다는 말은 아니니까 걱정하지는 말고, 그러니까 만약 내가 너를 잘게 썰어서 먹으면 나도 너처럼 똑똑해진다는 말이야?"

"배탈이 날걸!"

앤젤린은 깔깔거리며 웃었다.

"그런데 벌레용 미로를 어떻게 만들지? 내 말은…… 벌레들은 벽을 그냥 기어서 넘을 수 있지 않아?"

"사포로 만들면 돼. 벌레들은 사포 위를 기어 다니는 걸 싫어하거든."

"그래? 거참 기발하네."

그때 앤젤린이 장난스러운 미소를 지었다.

"내가 롤라에게 뭐라고 했는지 알아?"

앤젤린은 혹시 아빠가 듣고 있지는 않은지 주위를 한번 살피고는 속삭였다.

"오빠가 내 남자 친구라고 했어."

개리 얼굴이 빨개졌다.

"그래도 괜찮지?"

개리는 얼른 고개를 끄덕였다. 앤젤린이 생긋 웃었다.

"어험. 앤젤린, 세 사형수 얘기 알아?"

개리가 농담을 시작했다.

"첫 번째 사형수를 벽에 세우고 총으로 쏘려는데 사형수가 외쳤대. '지진이야!' 모두 대피하느라 소란스러운 틈을 타서 사형수는 도망갔어.

기다려도 지진이 오지 않자 이번에는 두 번째 사형수를 벽에 세웠어. 그리고 총으로 쏘려는데 두 번째 사형수는 이렇게 외쳤대. '태풍이야!' 다시 사람들이 대피소로 피하는 틈을 타 두 번째 사형수도 도망쳤지.

세 번째 사형수는 스니츠베리 여사였어. 벽에 선 여사는 총구가 자신을 겨누자 이렇게 외쳤어.

'파이어!'('fire'가 '불이야!'와 '발사!'의 뜻을 동시에 갖고 있는 것을 이용한 농담:옮긴이)"

앤젤린은 너무 심하게 웃다가 그만 소파에서 굴러떨어지고 말았다.

그날 오후, 개리는 앤젤린과 아벨 아저씨, 그리고 미스터 본과 함께 영화를 보러 갔다.

미스터 본의 진짜 이름은 멜리사 터본으로 개리의 5학년 때 담임 선생님이었다. 다른 친구들은 선생님을 '미스 터본'이라고 불렀지만 개리와 앤젤린만 '미스터 본'이라고 불렀다. '미스터 본(Mister Bone)'이나 '미스 터본(Miss Turbone)'이나 아주 똑같이 들려서 선생님은 이 사실을 꿈에도 몰랐다.

미스터 본과 아벨 아저씨는 지난 2년 동안 사귀었다. 개리와 앤젤린은 두 사람이 결혼하기를 바랐다. 앤젤린이 영재 학교에 입학할 수 있게 주선해 준 사람도 미스터 본이었다.

"밥은 먹고 다니시죠, 선생님?"

미스터 본이 차에 올라타자 개리가 물었다.

"응, 그레이비소스를 끼얹은 으깬 감자."

영화는 집을 나간 한 남자애와 개에 관한 얘기였다.

앤젤린은 영화를 보는 내내 울었다. 개리는 울음을 달래 주려고 앤젤린 귀에다 대고 속삭였다.

"우리는 지금 더블데이트 중이야."

앤젤린은 잠깐 눈물을 멈추고 웃었지만 금세 다시 흐느꼈다. 개리는 앤젤린을 안아 주고 싶었지만 겁이 나서 감히 그러지는 못했다.

영화 마지막에 남자애와 개는 집으로 돌아왔다. 부모님이 남자애와 개를 안아 줬고 모두가 행복해했다. 개리는 마지막 장면을 보고 앤젤린의 기분이 나아질 거라고 기대했지만 앤젤린은 오히려 더 크게 울었다.

"지금까지 본 영화 중에서 최고였어!"

극장을 나오면서 앤젤린이 말했다.

모두 함께 저녁을 먹으러 갔다.

개리는 무척이나 기분이 좋았다. 어른 두 명과 아이 두 명이 아니라, 친구 네 명이 시내로 놀러 나온 기분이었다.

"아저씨, 쓰레기 일은 요즘 어떠세요?"

개리가 물었다.

아벨 아저씨는 쓰레기 트럭을 몰았다.

"나쁘지 않아. 얼마 전에는 트럭에 오디오 기기를 새로 달았단다. 작업 소음 때문에 잘 들리지도 않고, 30초에 한 번은 차를 세워야 하니까 음악을 듣기도 힘들긴 하지만 말이야."

"무슨 음악을 들으세요?"

"아무거나. 거스는 컨트리 음악을 좋아하지. 오페라도 좋아하고. 너는 어떤 음악을 좋아하니?"

개리는 어깨를 으쓱했다.

미스터 본이 말했다.

"사람들이 재활용을 더 꼼꼼히 해야 해. 다들 쓰레기를 너무 많이 버려. 지금 속도라면 앞으로 5년 안에 매립지가 다 차 버릴걸. 더 이상 쓰레기를 묻을 곳이 없어지는 거란다."

개리는 고개를 끄덕였다. 5학년 때가 생각났다. 미스터 본은 늘 재활용과 열대 우림, 그리고 고래 보호 같은 얘기를 했다.

식당 종업원이 다가와 주문을 받았다. 아무도 그레이비소스를 끼얹은 으깬 감자 같은 건 주문하지 않았다.

"개리, 내가 일할 때 가장 좋은 점이 뭔지 아니?"

아벨 아저씨가 물었다.

"뭔데요?"

"어린애들. 왠지는 모르겠지만 어린애들은 쓰레기 트럭만 보면 손을 흔들어 주거든."

"마주 손을 흔들어 주시나요?"

미스터 본이 물었다.

"물론이죠."

"장기 자랑 대회 얘기를 좀 해 봐."

앤젤린이 개리를 재촉했다.

"우리 학교에서 장기 자랑 대회를 열 거예요."

"개리 오빠가 거기서 농담 공연을 할 거예요!"

앤젤린이 큰 목소리로 말했다.

"한 사람이라도 웃어 주면 다행이죠."

개리는 겸손하게 어깨를 으쓱했다.

"중요한 건 최선을 다하는 거야."

개리의 5학년 때 담임 선생님이 말했다.

"최선을 다할 거예요. 유머집을 벌써 반이나 읽었어요. 딱 맞는 농담을 찾고 있거든요."

"오빠가 새로운 농담을 만드는 거 아니었어?"

앤젤린이 물었다.

"유머집에서 농담을 뽑아내는 건 누구라도 할 수 있지."

선생님도 말했다.

"유머집에 실린 것보다 오빠가 만든 농담이 훨씬 더 웃기는데."

앤젤린이 다시 말했다.

개리는 잠시 생각에 잠겼다가 선언했다.

"좋아. 새로 만들겠어!"

"이왕에 할 거라면 제대로 하렴. 개리, 내가 알기로 너는 뭔가를 시작했다가 도중에 그만두는 일이 많잖아. 어떤 일이건 백 퍼센트, 온 힘을 쏟아 넣어야 해."

선생님이 말했다.

"그렇게 할 거예요. 제가 평생 했던 일 중 가장 중요한 일이니까요."

개리가 선생님을 안심시켰다.

"아이참, 내가 직접 봐야 하는데. 아놔, 정말!"

앤젤린이 다시 투덜거렸다.

브렌다 톰프슨(a.k.a. 루비 골드마인)은 몹시 화가 났다. 지금껏 그 멍청한 장기 자랑 대회에 참가 신청을 한 사람이 딱 한 명뿐이었기 때문이다. 개리 W. 분.

브렌다는 속으로 욕 비슷한 말을 웅얼거렸다. ('아놔'라고는 하지 않았다.)

다들 학교를 사랑하긴 하나? 브렌다는 궁금했다. 참가 신청하는 학생들이 더 없으면 장기 자랑 대회는 취소되고 말 것이

다. 그럼 끝이지, 뭐.(브렌다는 '아냐' 말고 다른 말을 한 번 더 했
다.)

"줄리, 장기 자랑 대회에 나가지 않을래?"

브렌다가 물었다.

"내가 왜?"

줄리 로즈가 되물었다.

"100달러를 벌 수도 있잖아."

"뭘 해서?"

"아무거나 상관없어. 심사위원도 없는걸. 관객이 투표로 정
해."

브렌다와 줄리는 이런 방식의 투표에서 중요한 게 뭔지 아주
잘 알았다. 줄리가 장기 자랑 대회에서 무엇을 얼마나 잘하는
가는 별로 중요하지 않았다. 중학교에서 투표라는 게 사실은 죄
다 인기투표에 불과하니까. 그리고 줄리 로즈는 남자애들에게
가장 인기가 많은 여자애 중 하나였다. 고등학생 남자친구가 있
는데도 그랬다.

"생각해 볼게."

줄리가 걸리적거리는 머리카락 한 올을 후– 불어 올리며 말

했다.

브렌다는 장기 자랑 대회에 참가하라며 몇몇 남자애들도 설
득했다.

"너는 재능이 아주 뛰어나잖아, 조."

조 리드는 어깨를 으쓱할 뿐이었다.

"누구누구 참가 신청했는데?"

폴이 물었다.

"음, 개리 분하고……."

브렌다는 참가 신청서에 이름이 잔뜩 적혀 있는 척했다.

"개리는 대회에서 농담을 하겠대."

"그 머저리가? 머저리보다는 내가 더 웃길 텐데."

매트가 말했다.

"맞는데, 네 농담은 학교에서 할 수 있는 게 아니잖아."

라이언의 대꾸에 다들 웃음을 터뜨렸다.

브렌다는 초조해서 혀로 입술을 핥았다.

"이렇게 하면 어떨까?"

폴이 말했다.

"머저리가 무대 위에서 멍청한 농담을 시작하면 걔 얼굴에 파이를 던지는 거야!"

"뒤에서 바지를 끌어 내리는 건 어때?"

라이언이 거들었다.

"됐어, 그럼 안 돼."

조가 말렸다.

"왜 안 돼?"

매트가 물었다.

"그건 나쁜 짓이야. 생각해 봐. 그 멍청한 장기 자랑 대회가 걔한테는 인생에서 가장 중요한 일일 거야. 머저리에게는 친구도 없잖아. 할 줄 아는 거라곤 농담밖에 없어. 그거라도 할 수 있게 내버려 두라고."

"오! 가슴이 뭉클해지는데!"

폴이 말했다.

"머저리는 광대야. 자기도 그게 좋다잖아. 얼굴에 파이를 던지고 사이다나 뿌려 주자고. 그럼 걔도 좋다고 웃을걸."

"그러진 않을걸."

조가 말했다.

"바지나 끌어 내리자니까."

라이언이 고집부렸다.

브렌다가 끼어들었다.

"얘들아, 너네 아무것도 할 수 없게 될 수도 있어. 참가 신청 자가 더 없으면 장기 자랑 대회는 안 열릴 거거든."

"내가 참가할게."

매트가 말했다.

"좋아, 그럼 나도. 하지만 머저리는 내버려 두는 거야. 걔 부 모님도 오실 거 아니야."

조의 말에 매트가 공포에 질린 목소리로 물었다.

"머저리에게 부모님이 있다고?"

08

개리는 방바닥에 누워 W. C. 필즈, 우디 앨런, 조너선 윈터
스, 로빈 윌리엄스, 우피 골드버그의 얼굴을 바라봤다. 이들 중
누구라도 농담 한마디 정도 던져 줄 것만 같았지만 아무도 입
을 열지 않았다.

개리는 눈을 감았다.

"집중해! 농담, 웃기는 농담. 아무도 들어 본 적 없는 재미있
는 농담!"

아무런 생각도 떠오르지 않았다.

개리는 농담을 지으려고 애써 본 적이 한 번도 없었다. 농담

은 언제나 말을 하고 있는 중에 느닷없이 튀어나왔으니까.

개리는 몸을 일으켜 앉았다.

"좋아. 그럼 그냥 아무 말이나 해 보는 거야. 그런데 무슨 말을 하지?"

개리는 주위를 둘러봤다.

"일어나서 생각해야겠다. 앉아서 농담을 만들 수는 없지. 게다가 나는 스탠드업 코미디언이잖아!"

개리는 벌떡 일어섰다.

개리는 손뼉을 쳤다.

"그래, 그거야!"

개리는 W. C. 필즈를 보고 빙그레 웃었다.

"이제 밥은 먹고 다니겠나. 한 탐험가가 아프리카를 탐험하다가 식인종에게 붙잡혔어요. 식인종들은 끓는 물이 담긴 커다란 솥에 탐험가를 넣었어요. 그러자 탐험가가 말하기를 (하나, 둘, 셋을 센 다음.) '이제 밥은 먹고 다니겠나?'"

개리는 우피 골드버그를 보고 말했다.

"그래요. 조금 썰렁하죠. 인정합니다. 하지만 이제 시작이잖아요."

개리는 중얼중얼 혼잣말을 하며 방 안을 빙빙 돌았다.

"어제 저녁을 먹는데 식탁에 생선이 올라왔어요. (하나, 둘, 셋을 센 다음.) 생선에게는 지렁이를 대접했죠."

개리는 다시 손뼉을 쳤다.

"다른 사람들은 스파게티를 먹었어요. 스파게티와 지렁이를 구분할 수 있겠어요? 혹시 우리 집에 초대받게 되면 미리 알아 두시는 게 좋을 거예요!

어젯밤에 저는 입 냄새가 났어요. 내 지렁이에 마늘을 너무 많이 넣었나 봐요."

개리는 계속해서 방을 돌아다녔는데, 그냥 방바닥만 걸은 게 아니었다. 침대 위로도 올라가고 의자 위에도 올라섰다가 심지어는 책상 위로도 올라갔다. 옷장 문을 열고 옷장 문과 벽 사이에 끼여 있어 보기도 했다. 개리는 옷장 문을 닫고 다시 방 한 가운데로 걸어 나갔다.

개리의 신경은 온통 농담 짓기 하나에 쏠려 있어서 자기가 무슨 행동을 하는지도 몰랐다. 개리 몸은 마치 두뇌와 분리된 듯이 혼자서 따로 움직였다.

"한번은 입 냄새가 심하게 났어요. 내가 학교에 갔더니 다들 코를 틀어막았죠. 물론 평소에도 내가 나타나면 코를 틀어막긴 하지만요.

입 냄새가 얼마나 심했던지 국기에 대한 맹세를 외우는데 국기를 훼손했다며 저를 잡아가더라고요.

입 냄새가 왜 그렇게나 지독했을까요? 아침으로 죽은 스컹크를 먹어서는 안 되었나 봐요.

아침으로 왜 죽은 스컹크를 먹었냐고요?

팬케이크가 다 떨어져서요.

아침으로 왜 죽은 스컹크를 먹었냐고요?

점심까지 기다릴 수가 없었어요.

아침으로 왜 죽은 스컹크를 먹었냐고요?

걔들이 살아 있으면 너무 시끄럽거든요.

내가 여자 친구가 있다는 말을 했던가요? 여자 친구는 나를 못생겼다고 생각하는 것 같아요. 나한테 키스할 때마다 눈을 감거든요. 아, 키스할 때 로맨틱한 기분에 눈을 감기도 하죠. 알아요. 하지만 걔는 코까지 틀어막거든요!"

개리는 잠시 말을 멈추었다. 무대 위에서 여자애한테 키스하는 얘기를 해도 될까? 관중들 앞에서? 엄마, 아빠가 보고 있는데?

"물론이지!"

개리는 자신했다. 미스터 본의 말처럼 뭔가를 하려면 제대로 해야 한다. 백 퍼센트!

"여자 벌레하고 남자 벌레를 어떻게 구별하는지 알아요? 뽀뽀해 보면 돼요!"

개리는 웃었다. 지금까지 생각해 낸 농담 중에 가장 웃겼다고 생각했지만 걸음을 멈추고 다시 생각해 보니 말이 안 되긴 했다.

그래도 괜찮다. 아직 3주나 남아 있으니까. 다음 주까지는 매일 새로운 농담을 만들어야지. 셋째 주에는 그중에서 가장 웃기는 농담을 몇 개 추려 내서 농담과 농담을 부드럽게 연결하면 된다. 마지막 주에는 적절한 타이밍을 위해 연습하고 또 연습하면 끝이다!

개리는 한 시간도 넘게 방 안을 빙빙 돌았다. 혼잣말을 하고 '브레인스토밍' 아니, '농담 스토밍'을 했다. 개리가 마침내 멈춰 섰다.

머릿속에서 이제 그만할 때라고 알람이 울리는 것 같았다.

'하나도 안 웃겨! 하나도 안 웃기다니까!' 알람이 울어 댔다.

괜찮아. 내일은 더 나아지겠지. 아니면 모레, 그것도 아니면 다음 주에는.

개리는 메모지를 꺼내서 괜찮았다고 생각되는 농담 몇 개를 적어 내려갔다.

"아빠 귀찮게 하지 마라. 피곤하신 거 같으니까."

엄마가 말했다.

"새로 만든 농담 좀 들려드리려고요."

"조용히 쉬고 싶으실 거야."

"아빠도 즐거워하실 거예요."

아빠는 양복과 넥타이 차림 그대로 침대 머리에 기대서 텔레비전을 보고 있었다. 구두 한 짝은 벗었지만 나머지 한 짝은 침대 밖으로 내놓은 다른 쪽 발에 걸려 대롱거렸다.

"아빠, 장기 자랑 대회에 나가려고 준비한 농담 좀 들어 보실래요?

"아니."

"제가 직접 만든 거예요. 듣고 싶지 않으세요?"

"개리, 오늘은 무척 피곤하구나. 그냥 쉬고 싶어."

아빠는 코미디 쇼를 보고 있었지만 전혀 웃지 않았다. 방청객들이 시끄럽게 웃고 있는데도 아빠는 그저 멍하니 텔레비전 화면만 바라보고 있었다.

개리는 침대 끝에 걸터앉아 잠깐 텔레비전을 봤다. 누군가는 이런 웃기지도 않는 코미디 쇼 대본을 쓰고 많은 돈을 벌었겠지. 개리는 이제 겨우 중학교 1학년생이지만 아빠가 지금 보고 있는 것보다 훨씬 더 재미있는 코미디 쇼를 쓸 자신이 있었다.

엄마가 문가에 서서 개리더러 얼른 나오라며 손짓했다. 개리는 아빠를 돌아봤다.

"아빠, 그러지 말고 제 농담 한번 들어 보세요. 정말 웃겨요."

아빠가 한숨을 크게 내쉬었다.

"아빠 괴롭히지 말라니까."

엄마가 말했다.

"가발 쓴 대머리 독수리 얘기 들어 보셨어요?"

"아니!"

아빠가 버럭 소리를 질렀다.

"그만. 지금은 네 농담 같은 건 듣고 싶지 않다, 알겠니?"

"이미 늦었어요. 벌써 해 버렸는걸요. 이게 다예요."

"듣고 싶지 않다니까. 무슨 말인지 모르겠어?"

아빠가 되풀이해서 말했다.

"하지만 이미 다 했다니까요."

"무슨 말인지 모르겠냐니까!"

"저는 그냥……."

"아빠가 대머리 얘기에 민감하시잖니."

엄마 말에 아빠는 한숨을 더 크게 내쉬었다.

"그래서가 아니야."

아빠는 뒷머리가 대머리였다.

"나는 그냥 조용히 텔레비전이나 봤으면 좋겠는데. 너무 많은 걸 바라는 거니? 네 그 바보 같은 농담을 듣지 않고는 단 15분도 있지 못하는 거냐고!"

"알았어요. 아빠에게 농담을 하진 않을게요. 이미 해 버리긴 했지만요."

"고맙구나."

"뭘요. 언제든지 말씀만 하세요. 하, 하."

개리는 방으로 돌아가 앉았다.

아빠, 엄마가 아벨 아저씨와 미스터 본처럼 좋은 농담을 인정해 주면 좋을 텐데 하고 바랐다. 더구나 장기 자랑 대회에 나가려고 두 시간이나 걸려서 만든 농담이라면 기꺼이 들어 줬을 것이다. 내 일생에서 가장 중요한 날인데.

개리는 문득, 아벨 아저씨와 미스터 본이 자기 부모라면 앤젤린이 여동생이 된다는 것을 깨달았다. 하긴, 앤젤린은 지금도 여자 친구라기보다는 여동생에 가깝긴 했다.

개리는 늘 남동생이나 여동생이 있었으면 하고 바랐다. 실은 이름이 '샐리'인 여동생이 있었으면 했다. 그럼 '셀러리'라고 놀릴 수도 있었을 텐데.

물론 아벨 아저씨와 미스터 본이 개리 아빠와 엄마가 되려면 두 사람이 먼저 결혼부터 해야 한다.

"그건 웃기는 일이지. 어쨌든 두 사람이 우리 부모가 될 수는 없어. 나한테는 이미 아빠, 엄마가 있잖아. 두 사람이 비행기 사고라도 나서 죽거나 하기 전에는 말이야. 하, 하."

아빠가 원래부터 농담을 싫어하진 않았다. 개리에게 생전 처음으로 농담을 들려준 사람도 바로 아빠였다. 개리가 세 살 때

쯤이었다. 개리는 지금도 그 농담을 기억하고 있다.

닭은 왜 놀이터를 가로질렀을까?
다른 미끄럼틀을 타려고!

지금 생각해 보면 개리는 분명 이 농담을 닭이 길을 건너는 농담("닭은 왜 길을 건너갔을까?" "반대편으로 가려고."라는 유명한 미국 농담을 뜻한다:옮긴이)을 듣기 전에 들었을 것이다. 그러니 뜻을 이해했을 리가 없었다. 그러나 세 살배기 개리한테는 전혀 상관없는 일이었다. 어린 개리는 몇 달 동안이나 이 농담을 하고 또 해 달라며 아빠를 졸랐다.

똑똑, 방문을 노크하는 소리가 들렸다.

"네."

아빠가 먼저 방에 들어왔고 엄마도 뒤따라 들어왔다. 개리는 돌아보지 않았다.

"우리가 얘기를 좀 했어."

엄마가 말했다.

"이 장기 자랑 대회가 너한테 얼마나 중요한지 잘 알고 있단다.”

아빠가 말했다.

개리는 창밖에 있는 가로등만 바라봤다.

“제안을 하나 하고 싶구나.”

“무슨 제안을 어떻게 하나요? 제가 만든 농담을 들으려고 하지도 않으시면서요.”

개리가 톡 쏘았다.

“마음 상했다면 정말 미안하구나. 힘든 하루를 보낸 탓에 아무 생각 없이 텔레비전을 켜 놓은 채 쉬고 싶었단다.”

“제 농담을 들었으면 아빠 기분이 나아졌을 거예요. 깔깔대고 웃었을지도 모르고요. 어떤 사람들은 농담을 들으면 웃기도 한다는 걸 아세요?”

아빠가 미소를 지었다.

“좋아. 가발 쓴 대머리 독수리 얘기를 들어 보자.”

개리는 포기했다는 듯 두 손을 번쩍 들었다.

“그게 전부라니까요!”

개리는 목소리를 높이지 않으려고 애를 썼다.

“그게 전부예요. 그 뒤는 없어요.”

"그래? 그럼 다른 농담 하나 더 해 줄래?"

개리가 잠깐 생각에 잠겼다.

"닭은 왜 놀이터를 가로질렀을까요?"

"모르겠네. 왜 그랬을까?"

아빠가 장단을 맞추듯이 말했다.

"정말 몰라요?"

"응, 정말 몰라."

개리는 어깨를 으쓱했다.

"나도 몰라요."

아빠는 이것도 농담의 일종인가 싶은지 어색하게 웃었다.

"엄마랑 얘기했는데, 네게 한 가지 제안을 하고 싶어. 앞으로
3주간은 농담을 안 했으면 싶다."

개리는 아빠, 엄마가 지금 제정신인가 싶어서 두 사람을 빤히
봤다.

"저는 장기 자랑 대회에 나가요. 농담을 짜야 한다고요."

"우리도 알아. 그러니까 속으로만 하라고."

엄마가 말했다.

"1등 상이 100달러라고 했지, 맞니?"

아빠가 물었다.

"장기 자랑 대회 때까지 농담을 한 개도 하지 않으면 네 통장에 100달러를 넣어 주마."

개리가 웃음을 터뜨렸다.

"설마, 제 농담이 그렇게까지 형편없지는 않겠죠? 하, 하! 저는 농담을 안 한 대가로 돈을 번 최초의 스탠드업 코미디언이 되겠네요. 하, 하!"

엄마가 말했다.

"네가 하는 말은 죄다 농담뿐이잖니. 그러니 조금만 들으면 지겨워져."

아빠도 말했다.

"어쨌든 농담은 속으로만 해라. 누군가에게 농담을 하면 그 사람은 다른 누군가에게 그 농담을 전달할 거야. 얼마 안 있어 모두가 다 그 농담을 알게 되겠지. 장기 자랑 대회 무대에 서기도 전에 말이야."

개리가 다시 웃음을 터뜨렸다.

"그런 걱정은 안 하셔도 돼요. 제 농담을 따라 하는 사람은 단 한 사람도 없었거든요. 하, 하."

"아빠가 따라 했는데."

"정말이요? 언제요?"

"오늘도 했지. 낚시를 좋아하는 고객이 있어서 생선 냄새가
안 나게 하는 방법을 아느냐고 물었지."

개리가 미소를 지었다.

"아, 그 농담. 그거 재밌죠."

개리 아빠는 주식 중개인이다. '고수익 뮤추얼 펀드'가 아빠
전문이라 했다. 아빠는 주식에 대해 몇 번이나 설명해 주고 싶
어 했지만 개리에게는 지겹기 짝이 없는 얘기였다.

엄마가 물었다.

"생선 냄새가 안 나게 하는 방법이 뭔데요?"

"생선 코를 자르면 돼."

아빠 말에 엄마가 쿡, 하고 웃었다.

개리가 엄마에게 항의했다.

"제가 엄마에게도 했던 농담이잖아요! 그때는 들은 척도 않
으셨으면서……."

엄마가 어깨를 으쓱했다.

"미안하다. 그게……, 모르겠다. 네 아빠가 말하니까……."

"아빠 고객도 웃었나요?"

"그래. 웃긴다더라."

"그래서 주식도 많이 샀어요?"

"아니. 하나도 안 샀어."

"웃었다면서요? 어째서……."

"웃는 것과 주식을 사는 것은 별개 문제지. 그게 개리, 네 문제점이야. 너는 농담을 하면 일이 잘 풀릴 거라거나, 사람들이 너를 좋아하게 될 거라고 생각하더구나. 하지만 사람들은 그 사람 자체를 보고 좋아하지, 농담 때문에 좋아하진 않아."

"그래도 저는 이런 사람인걸요. 농담하는 사람이요."

개리가 고집을 부리자 엄마가 타일렀다.

"너는 그런 사람이 아니야. 너는 네가 어떤 사람인지 들킬까 봐 농담을 하는 거야. 너는 농담이라는 벽 뒤에 숨어 있어."

"그리 튼튼한 벽은 아니네요. 집을 지탱할 정도도 못 되니까요. 하, 하!"

"네가 어렸을 때는 집에 놀러 온 사람들이 너에게 농담을 시키곤 했어. 너는 재미있는 얘기를 참으로 많이 알고 있었거든."

"그랬나요? 전 하나도 기억이 안 나요."

"그때는 네 살배기라 귀여웠어. 하지만 너는 이제 어린 꼬마가 아니잖니."

"그런 말을 들으니까 제가 무슨 병이라도 걸린 것 같네요. 농담 증후군. 하, 하!"

아빠가 말했다.

"농담하지 말고 3주 동안만 지내 봐. 어떻게 되나 한번 보자."

"그렇게 하면 내게 100달러를 주신다고요?"

"그래."

개리는 아빠, 엄마를 바라봤다. 어떻게 보면 좋은 거래 아닌가. 다른 한편으로는, 죽은 스컹크를 막 먹은 것 같은 기분이 들었지만.

"학교나 다른 데서 농담을 하고서 시치미를 떼면요?"

"우리는 너를 믿는다."

엄마가 말했다.

"그럼, 그렇게 거래할까?"

아빠가 물었다.

"좋아요. 계약서 가져올게요."

"뭐라고?"

"그렇게 하겠다고요!"

개리가 하이에나처럼 웃었다.

09

개리는 학교 앞에서 길을 건넜다. 새사람이라도 된 것 같은 기분이었다.

"한층 더 업그레이드된 머저리. 아니, 머저리가 아니지."

그렇게 혼잣말을 하고는 씩 웃었다.

이제 더는 머저리로 불리기 싫었다.

"이젠 웃기려고 할 이유가 없어."

완전히 새 옷을 입은 것 같았다.

"아니, 새 옷은 아니야. 새로운 속옷! 지난 10년간 같은 팬티를 입고 다닌 것과 같아. 이제는 새 팬티를 입은 거야."

겉모습은 여전히 똑같았으니까.

개리는 이제 평범하게 말하고 평범한 친구들을 사귈 작정이었다. 농담하지 않는 대가로 부모님께 100달러를 받고 장기 자랑 대회에서 우승해 100달러를 더 벌게 될 거였다.

평범한 남자애라면 이 100달러로 뭘 살지도 생각해 봤다. 아마도 게임기겠지.

"저기, 조! 학교 끝나고 우리 집에 가서 게임할래?"

개리가 이렇게 물으면 조는 이렇게 대답하겠지.

"좋아, 개리."

이번에는 라이언 어트가 인사한다.

"안녕, 개리? 어떻게 지내냐?"

"잘 지내."

매트 휴즈도 끼어든다.

"개리, 주말에 무슨 계획이라도 있어?"

"딱히 없는데."

"좋았어! 그럼 우리 집에 놀러 오지 않을래? 우리……."

개리의 백일몽은 여기서 끝났다. 평범한 애들이 주말에 뭘 하고 노는지 통 몰랐으니까.

개리와 앤젤린은 주로 크로케를 했다.

아이라 펠드먼이 스티브와 마이클, 그러니까 히긴스 형제와 무언가로 다투고 있었다. 스티브와 마이클은 쌍둥이였다. 셋 다 야구 카드를 손에 쥐고 있었다.

개리는 그쪽으로 다가갔다. 아이라가 히긴스 형제 중 한 명과 야구 카드를 교환하려고 하는데 다른 히긴스 형제는 그러지 말라고 말리는 것 같았다.

개리는 셋이서 하는 말을 들으며 가끔 고개를 끄덕였다.

아이라는 한창 커비 퍼켓이라는 야구 선수의 성적을 열거하고 있었다. 그러다가 갑자기 고개를 돌렸다.

"머저리? 뭐야?"

개리는 어깨를 으쓱했다.

"아무것도 아니야."

아이라는 다시 협상을 시작했다.

"야구 카드 얘기네, 맞지?"

개리가 물었다.

"맞아."

스티브가 대답했다. 아니, 마이클이었는지도. 개리는 둘을 분간하지 못했다.

"야."

아이라가 마이클에게(어쩌면 스티브에게) 말했다.

"바꾸기 싫으면 관둬. 너한테 선심 써 주는 건데, 싫다면 강요하진 않겠어."

"선심은 무슨."

다른 히긴스 쌍둥이 말에 아이라가 쏘아붙였다.

"그게 아니면 뭔데? 내게 이미 커비 퍼켓 카드가 네 장이나 있어서 이런 제안이라도 했던 거거든."

개리가 웃었다.

모두가 개리를 바라봤다.

"너는 왜 웃어? 내 말이 불공평하다고 생각해?"

아이라가 물었다.

개리가 웃은 건 그것과는 전혀 다른 이유였다. 개리는 단지 커비 퍼켓이 웃기는 이름이라고 생각했다. 또 공평한지 불공평한지에 관한 농담도 하나 떠올랐지만 혼자만 알고 있기로 했다.

농담을 하지 않는 것도 제법 괜찮은 것 같았다. 어쨌든 이번에는.

"네 생각은 어때, 머저리? 바꾸는 게 좋을 것 같아?"

마이클이(아니, 어쩌면 스티브가) 물었다.

개리는 어깨를 으쓱했다.

"음……."

"머저리 말을 들어서 뭐 해?"

스티브가(아니, 어쩌면 마이클이) 물었다.

"물론 안 듣지. 얘가 하는 말과는 반대로 할 거니까."

셋은 같이 깔깔댔다.

"그래서, 머저리는 어떻게 생각한다고?"

"음……."

마침 종이 울려서 개리를 구해 줬다.

"가 봐야겠어. 다음에 또 보자."

쉬는 시간과 점심시간에도 개리는 다른 친구들과 어울리려고 노력했다. 심지어는 재니스 카, 비키 매슈스, 마샤 포지가 서로에게 파마를 해 주자며 잡담하는 소리도 뒤에서 가만히 듣고 있었다.

비키가 개리를 돌아보더니 따졌다.

"너, 여기서 뭐 해?"

개리는 어깨를 으쓱했다. 농담 말고는 할 말이 떠오르지 않았다. '머리를 제대로 고정하려면 스프레이가 아니라 콘크리트를 써야 할걸!' 개리는 이 말을 속으로만 간직하기로 했다.

자리를 뜨는 개리 뒤통수를 향해 여자애들이 비웃는 소리가 들려왔다. 어차피 이렇게 될 거였으면 그냥 소리 내어 말해도 상관없지 않았을까.

"조, 안녕!"

운동장으로 달려 나가며 개리가 소리쳤다.

조는 잭과 얘기 중이었지만 개리를 보고 미소를 지었다.

"잘 지냈어, 머저리?"

개리는 어깨를 한 번 으쓱하고는 미소를 지었다.

조는 잭과 대화를 계속했다.

개리가 끼어들었다.

"오늘은 나한테 패스하면 어때? 나를 막으려는 사람은 아무도 없잖아."

"그거야 네가 하이크 담당이니까 그렇지."

잭이 지적하더니 조와 함께 소리 내 웃었다.

조는 개리 등을 툭툭 두드렸다.

"지금 아주 잘하고 있어. 앞으로도 하이크를 맡아 줘."

"알았어, 조."

경기가 시작됐다. 플레이 하나가 끝나고 작전을 짜러 모일 때마다 개리는 제일 먼저 조 옆에 섰다. 그러고는 "나이스 패스였어, 조." 또는 "정말 잘 달리더라." 또는 "아깝다. 떨어뜨리지만 않았어도 터치다운이었는데." 등등의 말을 했다.

조는 개리를 요리조리 피해 다니며 다른 선수들에게 말했다.

"이번에는 뭘 할 거야? 패스? 런? 트리플 리버스는 어때?"

개리가 계속 묻자 조가 이렇게 말했다.

"잠깐만, 작전은 내가 알아서 짤게."

"물론이지, 조. 나도 알아. 그냥 도움이 되고 싶어서."

조는 개리를 밀쳐 버리기라도 할 것처럼 두 손을 불쑥 개리 가슴 앞으로 내밀었다.

"정말 도움이 되고 싶으면 내 앞에서 좀 비켜 줘, 알았지?"

"알았어, 조."

10

한 주가 지날 때쯤에는 상황이 더욱 나빠졌다.

"나는 이제 머저리라고 불리는 게 싫어."

개리가 매트 휴즈에게 말했다.

"뭐라고, 머저리?"

"개리라고 불러. 머저리라고 부르지 말고."

"알았어, 머저리."

"그렇게 부르지 말라니까."

"알아들었어, 머저리. 더 이상 머저리라고 부르지 않을게. 알
았냐, 이 머저리야!"

"얼간이는 어때?"

폴이 물었다.

"짝짝이 궁둥짝은?"

라이언도 거들었다.

개리는 어깨를 으쓱하고서 그냥 자리를 떴다.

딱히 놀랄 일도 아니었다. 자기한테 친구가 없다는 건 이미 잘 알고 있었으니까. 다만 농담이라도 안 하면 누구도 자기와 얘기조차 안 한다는 사실을 실감했을 뿐이다. 이제 복도에서 "이봐, 머저리!" 하고 부르는 사람도 하나 없었다.

하지만 아빠, 엄마하고 한 약속을 개리는 지켰다. 개리는 자신이 어린 꼬마였을 때 책에서 읽은 시 한 편을 떠올렸다.

진심으로
정말 진심으로 하는 말인데
코끼리는 늘 성실해요.
백 퍼센트!

개리는 우울할 때마다 이 시를 중얼거렸다. 그러면 아주 조금이지만 마음이 밝아졌다.

학교가 끝나고 방에 앉아서 농담을 짜낼 때면 행복했다. 학교생활이 암울할수록 농담 짓기는 더 재밌었다. 온종일 속에 쌓인 농담들이 밖으로 터져 나오는 것 같았다. 짚으로 황금 실을 엮는 불쌍한 룸펠슈틸츠헨처럼, 개리는 매일 밤 자신의 암울한 기분을 농담으로 엮어 냈다.

어떨 때는 씻으면서도 농담을 떠올렸다. 욕조 속 뜨거운 물이 다 식을 때까지 안에 있다가 물이 식으면 몸을 떨면서 재빨리 씻고 나왔다.

개리는 농담의 주제를 먼저 정하지 않았다. 일단 시작만 하면 툭 하고 자연스럽게 튀어나왔다.

수요일은 10월 31일, 핼러윈 데이였다. 유령이나 마녀에 관한 농담을 만들 거라고 생각했는데 개리가 지은 농담은 엉뚱하게도 크리스마스에 관한 것이었다! 개리 생각에는 여태 만든 농담 중에 최고로 웃긴 것 같았다. 하긴, 자기가 만든 농담은 모두 기가 막혔지만.

개리는 장기 자랑 대회에서 우승할 사람이 바로 자신이라는 점에 한 치의 의심도 품지 않았다.

"우승을 못 한다면? 나야 패닉에 빠지거나 그냥 이상한 놈이 되는 거지. 그럼 온종일 방구석에 쪼그려 앉아서 콧구멍이나 쑤셔야지, 뭐."

개리는 실없이 웃었다.

"그도 아니면 머리를 빡빡 밀고서 얼굴을 녹색으로 칠하고 24시간 내내 입술을 부르르 떨어 대고 있을지도 모르고. 하, 하!"

정신병원에서 나온 하얀 가운을 입은 사람들이 소년을 데려 갔다. 전 세계의 정신과 의사들이 소년에게 무슨 일이 일어났는 지를 밝히려고 노력하는 동안 기자들은 반 친구들을 인터뷰했 다.

"별로 이상해 보이진 않았어요."

학교 친구의 말이다.

"친구들과 잘 어울리지 않았어요."

"야구 카드를 좋아하지 않았어요."

"농담하기를 좋아했어요. 좀 더 웃어 줄 걸 그랬나 봐요."

TV 기자가 진지하고 침통한 목소리로 되풀이했다.

"좀 더 웃어 줄 걸 그랬나 봅니다."

이런 얼토당토않은 망상을 하다 보니 개리도 자신이 어떤 인간인지 궁금해졌다.

"오늘 아침에 달걀은 어때?"

금요일 아침, 아침 먹으러 내려온 개리에게 엄마가 물었다.

개리는 황당한 표정으로 엄마를 봤다. 엄마가 지금 나를 놀리나?

오늘 아침에 달걀은 어때?

달걀이 어떻게 지내는지 내가 어떻게 알아요?

오늘 아침에 달걀은 어때?

동글동글 동그래요.

오늘 아침에 달걀은 어때?

잘 지내요. 떨어뜨리지만 않으면 깨질 일이 없거든요.

"싫어요. 그냥 시리얼이나 먹을래요."

개리는 학교 가는 길에 있는 횡단보도 한가운데에서 갑자기 멈춰 섰다. 2층짜리 학교 건물과 운동장에서 노는 애들, 그리고 주차장에 있는 차들을 바라봤다. 농담을 하지 않게 되기 전에는 자기가 학교를 얼마나 싫어하는지 깨닫지 못했다.

자동차 한 대가 개리를 향해 경적을 울렸다.

개리는 움직이지 않았다.

다른 자동차는 개리를 피해 갔다.

'머저리는 왜 길을 건넜을까?'

"저는 개가 없어서 늘 한 마리 키우고 싶었어요. 그래서 대신 금붕어 한 마리를 샀죠. 이름은 로버예요. 저는 로버에게 막대기 물어 오는 법을 가르쳤어요. 막대기를 물에 던지고서 개한테 물어 오라고 시키잖아요. 저는 로버에게 물어 오라고 막대기를 물 밖에 던져 놓는답니다."

개리는 의자에서 내려왔다.

로버라는 물고기 얘기는 처음엔 꽤 웃겼는데 여기서 더는 진도가 나가지 않았다. 그래도 괜찮았다. 그럴 수도 있지. 다른 얘기를 생각해 내면 되니까. 물고기 농담이 나중에 머릿속에서 툭 하고 튀어나올 수도 있다. 자는 동안 떠오를 수도 있고. 가끔은 아침에 일어나면 전날 짰던 얘기에 사용할 결정적 멘트가 떠오르기도 했다.

개리는 다시 방 안을 빙빙 돌았다.

"내가 우리 아빠 얘기를 한 적이 있던가요? 아빠는 집안일을 아주 잘해요. 늘 이것저것 고치시죠. 어제는 새 오디오를 연결하셨어요. 차고에 자동문도 만들었고요. 작동은 또 얼마나 잘 되는지! 텔레비전 리모컨 버튼을 누를 때마다 차고 문이 아주 잘 열리지요.

지난주에 아빠는 변기를 고치면서 화장실 전등 스위치도 새로 달았어요. 이제는 변기 물을 내리려면 화장실 불을 켜면 되고요. 화장실 불을 켜려면 변기 물을 내리면 된답니다."

개리는 계속해서 방을 빙빙 돌았다.

"우리 누나 이름은 샐리예요. 다들 셀러리라고 불러요. 가족에 대해 나쁜 말을 하면 안 되지만, 누나는 역겨워요."

개리는 가슴 위에 손을 얹었다.

"누나는 병원에 입원했어요.

혀 이식 수술을 받아야 한대요.

말을 멈추지 못했기 때문이에요. 누나는 이제 열여섯 살인데, 이번이 벌써 세 번째 수술이랍니다!

하루는 누나가 남자 친구와 전화 통화를 했어요. 남자 친구에게 사랑한다고 말하다가, 갑자기 누나 혀가 꿀렁하더니 바닥에 툭 떨어지고 말았어요.

저는 그때 식탁 의자에 앉아서 과자를 먹고 있었는데 토할 뻔했어요. 혀 때문이 아니고요, 누나가 바로 옆에서 '사랑해, 자기.'라고 말하는 게 아니겠어요. 물론 혀가 없으니 '사당애, 아이.'라고 들렸죠.

누나 남자 친구는 눈치채지 못했을걸요. 두 사람은 원래도 늘 아기처럼 혀짧은 소리로 말했으니까요. 제가 우리 누나 역겹다고 했잖아요.

바닥에 떨어진 혀는 물 밖으로 나온 물고기처럼 좀 팔딱이더니 마침내 조용히 뻗어 버렸어요.

아빠가 우유를 마시러 왔다가 그 혀를 밟고 말았죠.

누구 혀 밟아 본 사람 있나요?

없다고요? 좀 더 두툼하고 미끄럽긴 하지만, 바나나 껍질 밟는 감촉과 비슷하달까요. 공중으로 붕 뜬 아빠는 1리터짜리 우유통을 꽉 붙들었어요."

아니, 1리터짜리는 안 된다. 2리터짜리여야 한다.

"4리터짜리로 하지, 뭐."

우유통이 클수록 재미있는 법이니까.

"누나는 우유 웅덩이에 빠져서 허우적거리는 아빠를 째려보며 계속 전화 통화를 했어요. 그러다 전화기를 손으로 막고는 이렇게 말했어요. '통화하게 조용히 좀 해 주실래요?' 당연히 실제로는 이렇게 들렸죠. '동와아에 도용이 옴 애 두이애오?'

우리는 혀가 빠진 걸 알려 주려고 바닥에서 누나 혀를 집으려 애썼어요. 하지만 혀가 너무나 미끄러워서 계속 손가락 사이로 빠져나갔지요.

우유로 뒤범벅된 혀를 집어 본 적 있나요?

없다고요? 뭐, 욕조에 빠진 비누와 비슷해요. 잡았다 싶으면 빠져나가 저편으로 날아가거든요.

마침내 누나가 전화를 끊더니 부엌을 가로질러 왔어요. 저는 누나도 혀를 밟을까 봐 걱정됐어요.

'혀 조심해!'

아빠가 누나에게 외쳤어요.

누나는 아빠를 흘겨보더니 허리를 숙이고는 혀를 손에 쥐었어요. 누나는 손톱이 길어서 혀를 손쉽게 집어 들었어요.

누나는 혀를 놀려서 내 뺨을 찰싹찰싹 때렸어요. 때리고 또 때리고. 말 그대로 혀를 놀려서 저를 후려쳤어요.

엄마가 들어와서 이렇게 말했어요.

'혀 좀 그만 놀려, 이 아가씨야!'

그렇게 해서 누나는 지금 병원에 있어요. 적당한 혀가 기증되기를 기다리고 있죠. 이번에는 기린 혀를 갖고 싶다네요. 키스하기에 최고라나요?

예전 혀는 아빠 책상 위에 있어요. 아빠는 그걸 잘 적셔 두었다가 우표나 편지 봉투를 붙일 때 이용하고 있답니다."

11

개리가 앤젤린네 아파트 문을 두드렸다. 개리는 모자를 쓰고 있었다.

거스 아저씨가 문을 열어 줬다.

"아저씨, 밥은 먹고 다니나요?"

"응, 그레이비소스를 끼얹은 으깬 감자."

거스 아저씨도 모자를 쓰고 있었다.

아마도 거스 아저씨 나이가 아벨 아저씨보다 많을 것이다. 그런데 어떻게 봐도 거스 아저씨는 어른이라기보다 어린애 같다. 거스 아저씨는 아벨 아저씨와 함께 일한다. 가끔은 거스 아저씨가 쓰레기 트럭을 몰고 아벨 아저씨가 쓰레기를 싣기도 하지만 보통은 그 반대다. 거스 아저씨가 '숨겨진 보물' 찾기를 좋아하니까.

거스 아저씨는 알록달록한 띠가 감긴 호주 사파리 모자를 쓰고 있었다. 개리는 검은색 중절모를 썼다.

"모자 멋지구나."

"고맙습니다. 아저씨 모자도 근사해요."

"믿어지니? 이 모자를 쓰레기통에서 주웠다는 사실이!"

"운이 좋으신걸요. 전 이 모자를 3달러나 주고 샀는데."

개리는 거스 아저씨네 집에 가 본 적이 있다. 집에는 사람들이 버린 놀라운 물건들이 가득했다.

앤젤린이 욕실에서 나왔다. 앤젤린은 황금색 술이 달린 분홍색 카우걸 모자를 쓰고 있었다.

"밥은 먹고 다니는 거야, 개리 오빠?"

"응, 그레이비소스를 끼얹은 으깬 감자."

아벨 아저씨는 검은색 베레모를 썼다.

넷은 크로케를 하러 공원으로 갈 참이었다.

크로케 세트를 가져온 사람도 거스 아저씨였다. 나무망치 하나가 부러지고 골대 몇 개가 없어졌다는 이유로 누군가 쓰레기통에 버린 걸 가져왔다. 네 사람은 세탁소 옷걸이(이것도 주운 것)로 골대를 만들고 나무망치는 번갈아 사용했다.

넷이서 처음으로 크로케를 했던 날, 거스 아저씨가 크로케 규칙을 알려 줬다.

"크로케의 첫 번째 규칙은 모자를 쓰는 거야."

그때는 거스 아저씨가 모자를 나눠 줬다.

지금은 각자 자기 모자를 가지고 있다. 개리는 최소한 일주일에 한 번은 할인점에 들러 모자를 구경한다. 그래서인지 모자가 점점 늘어났다.

넷은 크로케를 하는 스타일이 제각각이었다. 거스 아저씨는 공이 골대에 가까이 있건 말건 매번 강타를 했다! 골대를 노리지도 않았다. 크로케는 골대 안으로 공을 넣거나 다른 사람의 공을 맞히는 게임이다. 그런데 거스 아저씨는 늘 공이 아니라 사람을 노리는 것 같았다.

앤젤린은 망치를 한쪽 어깨 위로 높이 쳐들었다가 마치 추처럼 휘둘러 공을 쳤다. 그래서 앤젤린이 공을 치고 나면 나무망치가 다른 쪽 어깨 위로 올라가 있었다. 앤젤린은 한 번은 오른쪽에서 왼쪽으로 공을 치고, 또 한 번은 왼쪽에서 오른쪽으로 공을 쳤다. 앤젤린에게는 추의 리듬을 깨지 않는 것이 가장 중요해 보였다.

"나무망치를 어떻게 그렇게 휘두르는지 모르겠다. 그런데도 공은 제대로 맞히네."

개리 말에 앤젤린은 어깨를 으쓱할 뿐이었다.

"오빠가 공이 되면 돼."

"엉?"

"오빠는 자꾸 나무망치가 되려고 하잖아. 공이 되려고 노력해 봐."

아벨 아저씨는 골프 선수처럼 공 주위를 빙빙 돌면서 각도와 필드의 경사도를 분석했다. 그러고는 공을 칠 때마다 심사숙고를 거듭한 후에야 나무망치를 휘둘렀다. 공은 대부분 골대를 살짝 벗어났다. 아벨 아저씨는 다른 사람의 공을 겨냥할 때도 있었지만 자기 딸의 공만큼은 쳐다도 안 봤다.

개리는 나무망치를 매번 다른 방식으로 쥐었다. 어떨 때는 손잡이 아래쪽을 쥐었다가, 어떨 때는 위쪽을 쥐었다. 가끔은 왼손을 오른손 위로 쥐었다가 그 반대로 쥐기도 했다. 또 어떨 때는 다리 사이로 나무망치를 휘두르기도 하고, 어떨 때는 옆으로 서서 휘두르기도 했다. 한번은 앤젤린처럼 휘둘러도 봤지만 공을 아예 맞히지도 못했다.

개리는 어떻게 해야 '공이 될 수 있는지' 알 수 없었다. 무슨 뜻인지는 잘 몰라도 '나무망치가 되기'에도 힘들었다.

거스 아저씨가 말을 꺼냈다.

"좋아, 개리. 이 농담은 너도 모를걸. 스니츠베리 여사는 왜 까치발로 약장 앞을 지나갔을까?"

개리가 어깨를 으쓱했다. 잠시 긴장된 침묵이 흘렀다.

거스 아저씨가 손뼉을 치며 말했다.

"이번에는 너도 모를 줄 알았다, 개리 분!"

거스 아저씨가 씩 웃었다. 마침내 위대한 개리 분을 꼼짝 못하게 만들었다는 사실에 무척이나 기분이 좋아 보였다. 농담을 마무리하는 것도 잊어버릴 만큼.

앤젤린이 궁금해서 못 참겠다는 듯이 물었다.

"스니츠베리 여사가 왜 까치발로 약장 앞을 지났는데요?"

"잠자는 약을 깨우지 않기 위해서."

앤젤린이 웃음을 터뜨렸다.

사실 개리는 답을 알고 있었다. 농담을 할 수 없어서 가만히 있었을 뿐이다. 심지어 더 재미있는 답도 알고 있었다.

스니츠베리 여사는 왜 까치발로 약장 앞을 지나갔을까?
알약이 부끄러워할까 봐.

앤젤린이 소리를 질렀다.
"아와!"
거스 아저씨의 공이 자기 공을 맞혔기 때문이다.
거스 아저씨는 자기 공을 앤젤린 공 옆에 놓고 공 위에 한 발을 올려놓은 다음 망치로 공을 있는 힘껏 때렸다. 앤젤린의 공이 경기장 끝까지 튕겨 나갔다.
"그러다 발 부러질라."
아벨 아저씨가 말했다.
거스 아저씨가 웃으며 앤젤린을 돌아봤다.
"공 찾아오려면 한참 걸리겠다."
앤젤린은 거스 아저씨를 향해 혀를 쏙 내밀었다.
거스 아저씨도 앤젤린을 향해 혀를 쏙 내밀었다.

앤젤린의 공을 친 덕분에 거스 아저씨에게는 다시 한번 공을 칠 기회가 있었다. 거스 아저씨는 골대를 노렸으나 빗나가고 말았다. 아저씨가 친 공은 앤젤린의 공이 있는 곳까지 굴러갔다.

"아뇨!"

거스 아저씨가 소리쳤다.

아벨 아저씨가 문득 개리에게 물었다.

"무슨 일이냐, 개리? 농담도 한마디 안 하고."

"오빠가 그럴 리 있어요?"

앤젤린이 자기 아빠를 보며 어이가 없다는 듯이 말했다.

"맞아. 안 했어."

개리가 말했다.

"정말?"

앤젤린이 놀라서 물었다.

개리는 세 사람에게 부모님과 했던 약속을 얘기해 줬다.

거스 아저씨는 엉터리 약속이라고 했지만 앤젤린은 개리 부모님과 생각이 같았다.

"오빠가 농담을 전부 담아 두고만 있다가 한꺼번에 터뜨리면 훨씬 더 웃길 거야. 풍선처럼 속에 공기가 꽉 차 있을수록 더 큰 소리로 빵 터지겠지!"

"맞아, 그거야. 바로 그런 일이 벌어지고 있어. 이제 학교에서는 농담을 한마디도 안 해. 그러다가 집에 오면 속에서 이야기 보따리가 마구 터져 나오더라니까."

"와, 듣고 싶어! 하지만 하지 마."

"안 할게."

개리가 똑 부러지게 말했다.

"개리 부모님을 한번 만나 보고 싶구나. 아주 재미있는 분들 같아."

아벨 아저씨가 말했다.

"네?"

거스 아저씨도 이렇게 말했다.

"부모님이 크로케를 좋아하시니? 다음에는 부모님도 모시고 오지 그래?"

개리는 자기 부모님이 아벨 아저씨나 거스 아저씨와 함께 시간을 보내는 모습을 상상하기가 어려웠다. 특히 거스 아저씨하고?

"저희 엄마, 아빠는 모자 쓰는 걸 싫어하세요."

"개리, 너는 장기 자랑 대회를 정말 진지하게 여기고 있구나."

아벨 아저씨가 말했다.

"저는 일주일 내내 농담만 만들었어요. 앞으로 2주간 더 만들고 나면 그중에서 가장 재미있는 농담 몇 가지를 고를 계획이에요."

"최고 중의 최고를 뽑는 것이구나, 그렇지?"

거스 아저씨가 말에 개리가 빙그레 웃었다.

"마지막 주에는 농담을 적당한 순서대로 배열한 다음, 연습하고 또 연습할 거예요. 사람들은 웃기는 농담만 있으면 코미디언이 될 수 있다고 생각하지만 타이밍도 그에 못지않게 중요하거든요."

"중요한 것은 하겠다는 의지이지, 네가 얼마나 재능이 뛰어난지는 실은 중요하지 않아. 노력하거라. 쉽게 되는 건 아무것도 없으니까."

아벨 아저씨가 말했다.

"네, 노력하고 있어요. 제 모토는 이거예요. 무슨 일을 하든 백 퍼센트로!"

개리와 앤젤린 둘이서만 소파에 앉아 있었다. 거스 아저씨와 아벨 아저씨는 피자를 사러 나갔다.

"다른 사람이 되고 싶은 적 있어?"

개리가 물었다.

"다른 사람 누구?"

"예컨대 조 리드. 조 리드가 누구인지는 알지?"

"미스터 본 반에 있던 애잖아."

"조의 인생은 완벽해. 누구나 조를 좋아하지. 똑똑한데다 운동도 잘하면서 잘난 체도 안 하고 누구에게나 친절하거든. 가끔은 내가 걔였으면 해."

"이미 됐을지도 모르지. 걔는 오빠가 되었고."

"응?"

"바로 이 순간, 오빠가 조 리드가 되고 싶다고 말한 순간, 둘이 갑자기 바뀐 거야. 오빠는 이제 조 리드야. 걔는 개리 분이고. 하지만 상관없어. 나는 여전히 여기에서 개리 분하고 얘기하고 있으니까. 조 리드가 오빠가 됐지. 걔가 오빠 몸을 지니고 있어. 오빠 뇌를 지니고서. 오빠 기억을 가지고 있어서 걔는 자기가 조 리드였던 때를 기억하지 못해. 걔는 늘 오빠였다고 생각하지. 그리고 오빠는 늘 걔였다고 생각하고. 그래서 둘이 서로 바뀌더라도 달라지는 건 아무것도 없어."

"그래."

개리가 대답했다. 앤젤린이 무슨 말을 하는지 알 것 같았다. 적어도 알 것 같다는 생각은 들었다, 한순간은. 그러나 다시 생각해 보니 무슨 소리인지 도통 이해가 되지 않았다.

"아무리 여러 차례 바뀌어도 개리 분은 항상 개리 분일 거야."

앤젤린이 말했다.

앤젤린은 개리 분이 항상 개리 분이라는 점이 마음에 드는 듯 미소를 지었다. 앤젤린이 개리 모자를 벗기더니 자기의 분홍색 카우걸 모자를 개리 머리에 씌워 줬다. 앤젤린은 개리의 모자를 머리에 썼다.

"그렇다면 나는 가장 뛰어난 개리 분이 될 수 있도록 노력해야겠구나."

개리가 말하고는 어깨를 으쓱했다.

"나는 머저리일 수도 있지만 최고의 머저리가 될 거야."

"무슨 일을 하든 백 퍼센트로!"

앤젤린이 말했다.

12

개리는 요상한 기분을 느끼며 눈을 떴다. 아픈 것은 아니었다. 웃겼다. 정말 웃겼다! 슈퍼하이퍼울트라캡숑으로!

개리는 자기 인생에서 가장 웃기는 농담을 만들 수도 있겠다고 생각했다. 농담들이 자기 안에서 폭발하면서, 앤젤린이 말한 풍선처럼 금방이라도 밖으로 터져 나올 것만 같았다.

하지만 일단은 학교를 마쳐야 했다. 우글거리는 구더기처럼 개리의 정신을 갉아먹는 여섯 시간을.

1교시에는 독후감 숙제가 있었다. 개리는 처음 듣는 얘기였다.

다행히 글로 써서 내는 숙제가 아니라 말로 발표하는 숙제였다. 칼라일 선생님이 개리 이름만 부르지 않으면 무사히 넘길 수도 있다.

불행하게도, 개리 이름이 가장 먼저 불렸다.

"저, 숙제 안 했는데요. 숙제가 있는지도 몰랐어요."

"몰랐다고?"

칼라일 선생님이 믿을 수 없다는 표정으로 물었다.

"애슐리, 내가 독후감 숙제를 내 준 게 언제지?"

"3주 전이요."

"3주 전이야."

칼라일 선생님이 반복했다.

"지난 3주 동안 어디에 있었니, 개리?"

"모르겠어요."

"나도 모르겠구나."

반 친구 몇이 웃자 개리도 따라 웃었다.

"웃을 일이 아니야. 슬픈 일이지. 금요일에 다시 너를 호명할 거야. 그때까지 독후감 숙제를 해 놓기를 바란다. 참, 개리!"

선생님이 덧붙였다.

"이번에는 유머집 독후감은 안 돼."

개리는 한숨을 푹 쉬었다. 저렇게 꼭 집어서 말씀하셔야 할까? 학년 초에 처음으로 독후감 숙제를 내 주실 때는 유머집 독후감은 안 된다고 말씀하지 않으셨다. 그래서 개리는 유머집 독후감은 안 된다는 것을 알 수 없었다. 이제는 알고 있다. 그러니 매번 그 말씀을 하실 필요는 없다.

'선생님은 도대체 나를 어떻게 생각하시는 걸까? 바보라고 생각하시나?'

개리의 생각은 계속 이어졌다.

게다가 선생님이 숙제를 내 주신 3주 전에 내가 어디에 있었는지 그걸 어떻게 다 기억한담? 화장실에 있었을지도. 지난 3주 내내, 매일, 매 순간 독후감 숙제를 말해 주신 건 아니잖아? 살인 사건과 똑같은 거야. 7월 13일 밤, 정확히 8시 23분에 너는 어디에 있었지? 이런 걸 기억할 사람이 누가 있겠어? 아마 살인범만 알걸! 죄가 없는 사람들은 그런 것들은 기억하지 못하는 법이니까.

수업 시작 직전에 개리는 랭글리 선생님을 붙들었다.

"무슨 일이니, 개리?"

"명단을 좀 볼 수 있을까요?"

"무슨 명단?"

"장기 자랑 대회 신청자 명단이요."

"장기 자랑 대회만큼이나 수학 공부에도 신경 좀 써 줬으면 좋겠구나."

"저 말고 신청자가 또 있는지 궁금해서요."

"너 혼자만 신청한 건 아니야."

랭글리 선생님이 개리를 안심시켰다. 선생님은 장기 자랑 대회 신청자 명단을 보여 줬다.

개리 W. 분	농담
수전 스미스	체조
조 리드	랩
매트 휴즈	농담
브렌다 톰프슨	노래
줄리 로즈	시 낭송
앨릭스 로스	피아노 연주

레슬리 앤 커밍스	노래
코니 리	노래와 기타 연주
프레드 퍼스트	새소리 흉내
마샤 N. 포지	롤러스케이트

"저, 첫 번째는 싫은데요."

개리가 말했다.

"뭐라고?"

"제가 참가 신청을 1등으로 했다고 해서, 무대에도 1등으로 오르고 싶지는 않다고요."

"그건 내가 정하는 게 아니야."

랭글리 선생님이 말했다.

"그럼 누가 정하나요?"

"브렌다 톰프슨 같구나."

"아하."

개리는 고개를 끄덕였다.

랭글리 선생님이 상냥한 목소리로 말했다.

"개리, 장기 자랑 대회에 너무 큰 기대를 하지는 말거라."

개리는 어깨를 으쓱했다.

"기분 나쁘게 듣지는 말고. 농담은 노래나 피아노 연주, 혹은 새소리 흉내처럼 재능이라고는 할 수 없어, 미안하지만."

"저는 사람들이 웃어 주기만 하면 돼요."

개리는 그렇게 말하고서 자리로 돌아갔다.

"개리! 야, 개리!"

개리가 돌아봤다. 스티브(또는 어쩌면 마이클) 히긴스였다.

"이것 좀 볼래?"

스티브(또는 마이클)가 개리 얼굴에 대고 야구 카드를 마구 흔들었다.

"아, 야구 카드구나."

"야구 카드구나아?"

스티브(또는 마이클)가 말했다.

"이건 그냥 야구 카드가 아니야. 잘 보라고!"

개리는 야구 카드를 다시 보고 큰 소리로 말했다.

"밥 브렘리네!"

개리는 밥 브렘리라는 이름을 처음 알았다. 하지만 스티브(또는 마이클)를 실망시키고 싶지 않아서 개리는 열광하는 척하면서 말했다.

"대단하다! 밥 브렘리면 최고의 선수잖아! 좋은데."

"아니, 그걸 말하는 게 아니야."

스티브(또는 마이클)가 말했다.

"밥 브렘리라는 선수는 없어. 자이언트의 포수 이름은 밥 브렌리야. 그런데 봐, 철자를 잘못 썼잖아. 브렘리가 아니라 브렌리라고 써야 한다고."

"아, 그렇구나. 가게에 가서 바꿔 달라고 해. 그럼 새 카드로 교환해 줄 거야."

"장난해? 아이라가 벌써 50달러에 사기로 했어. 하지만 200이하로는 안 팔 거야. 카드 전시회에서도 그 정도는 내야 하거든."

"그럼 선수 이름을 잘못 인쇄한 게 좋은 일이네?"

"엄청 좋지! 게다가, 못 믿겠지? 내가 이 카드를 평범한 야구 카드 세트에서 찾았다는 사실을 말이야!"

개리는 예의상 웃어 줬다. 스티브(또는 마이클)가 왜 이 카드를 자기에게 보여 주는지 이해할 수 없었다.

"그런데, 너도 야구 카드 모으고 있어?"

스티브(또는 마이클)가 물었다.

"아니."

"아하!"

스티브(또는 마이클)는 조금 실망한 것 같았다.

"너도 모아야 하는데."

개리는 어깨를 으쓱했다.

"그럼 또 보자, 개리."

스티브(또는 마이클)가 말했다.

"잘 가."

개리는 인사를 하고 다시 수학책으로 고개를 돌렸다.

저게 무슨 말일까?

'너도 모아야 하는데?'

개리는 혼란스러웠다. 야구 카드를 모으는 건 그러고 싶거나 그러고 싶지 않은 종류의 일이다. '그래야 하는 일'은 아니다.

"내가 왜 그래야 한다는 거지?"

개리는 소리 내어 말했다.

미식축구 연습장으로 가는 길에 개리는 조를 만났다.

"조, 너도 장기 자랑 대회에 나간다며?"

개리가 물었다.

"대단하지?"

조가 웃으며 말했다.

"나도 나가."

"알아."

"너는 랩을 할 거라면서, 맞지? 아주 멋진걸."

"그냥 노는 거지, 뭐. 너도 알잖아."

조가 말했다. 개리는 자기가 뭘 아는지는 몰랐지만 조가 그렇게 말해 주니까 기분은 좋았다.

"나는 농담을 할 거야. 전부 내가 만든 농담들로만. 아직은 자세히 말해 줄 수 없어. 속으로만 간직하고 있으면 나중에 풍선처럼 빵 하고 터져 나올 거야."

조는 개리에게 뭔가 할 말이 있는 것처럼 잠깐 개리를 바라봤다. 그러나 그냥 미소만 지었다.

"재미있을 거 같네."

그렇게 말하고는 고개를 돌려 걸음을 재촉했다.

"고마워!"

개리가 조를 따라가며 말했다.

"야, 오늘은 나도 뭔가를 하게 해 줘. 재미없는 하이크 말고."

"그래, 봐서."

"그런데 매트는 농담을 직접 만드는 걸까, 아니면 누군가 만든 농담을 외워서 말하는 걸까? 너는 알아?"

"뭐?"

조가 툭 내뱉더니 걸음을 멈추고는 개리를 향해 돌아섰다.

"난, 모르지! 걔한테 직접 물어보지 그래?"

개리는 어깨를 으쓱했다.

"부탁 하나만 들어 주라. 브렌다 톰프슨에게 가서 개리가 첫 번째로 무대에 서는 건 싫어한다고 좀 해 줄래? 참가 신청을 첫 번째로 했다고 해서 무대 위에 첫 번째로 올라가고 싶다는 뜻은 아니잖아."

"그게 무슨 소리야?"

"브렌다 톰프슨이 출연 순서를 정한대. 누가 처음 나가고, 그 다음에는 누가 나가는지……. 걔한테 나는 첫 번째로 나가기 싫다고 말 좀 해 줘."

"직접 가서……."

조는 말하다 말고 개리 어깨에 손을 얹었다.

"들어 봐. 장기 자랑 대회를 그렇게 심각하게 받아들이지는 마, 응? 그냥 재미잖아. 다들 무대 위에 올라가서 한번 와장창 망가지는 것뿐이야. 단순히 재미로 하는 거라고."

"그래, 나도 알아."

"그러니까 그렇게까지 긴장하지는 말라고, 알았어? 되는대로 해. 뭐가 됐건."

"물론이지. 어쨌든 브렌다 톰프슨에게 나 대신 말해 줄 거지?"

"물론이지."

집에 돌아온 개리는 해적과 미녀 책을 읽기 시작했다. 앤젤린이 아주 오래전에 선물해 준 책이다. 농담은 하나도 만들지 않았다. 할 일이 너무 많았다.

그리고 더는 농담이 재미있지 않았다.

13

랭글리 선생님은 수학 숙제를 네 쪽이나 내 줬다.

그냥 절 죽이시죠, 롱다리 선생님. 개리는 생각했다. 선생님은 장기 자랑 대회를 담당하는 선생님이면서 제가 농담을 만들 시간이 있는지 없는지는 관심도 없으시군요!

개리는 수업이 끝나고 랭글리 선생님을 찾아갔다.

"새로 참가 신청을 한 사람은 없어."

랭글리 선생님이 말했지만 그걸 물어보려던 건 아니었다. 개리는 그냥 가려다가 멈춰 섰다.

"선생님, 제가 수학 수업만 듣고 있지 않은 건 아시죠?"

"뭐라고?"

"수학 숙제를 네 쪽이나 내셨잖아요. 다른 선생님들도 숙제를 내 주시거든요. 금요일까지 책 한 권을 몽땅 읽고 독후감도 써야 해요. 숙제하느라 시간을 다 써 버리면 장기 자랑 대회에서 제가 해야 할 공연 연습은 언제 하나요?"

"그 독후감 숙제를 3주 전부터 하기 시작했다면 이런 문제는 없었을 거다."

믿을 수가 없었다. 랭글리 선생님이 어떻게 그걸 알고 있지? 선생님들은 개리 얘기를 하는 거 말고는 다른 할 일이 없으신가?

"머저리, 여기!"

교실 밖으로 나오자 조 리드가 개리를 불렀다.

조는 도서실 앞에 서 있었다. 주변에는 아무도 없었다.

"근사한 작전이 떠올랐어. 네가 할 생각이 있다면."

"물론이지."

"장난 안 칠 거지?"

"장난 안 쳐."

개리가 조를 안심시켰다.

조는 엿듣는 사람이 없는지 주위를 둘러봤다. 그러고 나서 개리에게 작전을 얘기해 줬다.

"어때, 무엇을 해야 하는지 알겠어?"

개리는 자신 있게 고개를 끄덕였다.

개리는 적어도 공을 받을 수는 있을 거라고 생각했다. 누군가에게 공을 받아 보는 건 아주 오랜만에 있는 일이다. 장기 자랑 대회를 알리는 포스터를 봤던 날 이후, 개리는 처음으로 대회가 아닌 다른 것을 생각했다. 공을 받아 터치다운을 하러 달려가는 자기 모습을 자꾸만 상상하게 됐다.

개리는 이 생각을 그만하고 싶었다. 개리가 공항에서 했던 얘기 그대로였다. 꿈이란 절대 실현되지 않는 것. 어떤 일이 일어나기를 바라면 그 일은 절대로 일어나지 않는다. 적어도 원하는 방식으로는.

5교시가 되기 전까지, 개리가 생각했으며 생각하지 않은 것은 이게 전부였다.

종이 울리자 개리는 아주 자신 있게 탈의실로 갔다. 개리는 머저리가 아니었다. 이제 조의 팀원 가운데 한 명이었다.

"안녕, 머저리?"

매트 휴즈가 개리에게 아는 체했다.

"잘 지내냐, 머저리?"

폴 워튼버그도 말했다.

개리는 어깨를 으쓱했다.

머저리라고 부르지 말라고 했더니 애들은 개리를 볼 때마다 "안녕, 머저리!" 하고 불렀다. 적어도 "안녕!" 하고 인사는 하는 셈이었다. 그게 어딘가.

"난 준비됐어."

개리는 팀원들과 함께 어깨동무하면서 조에게 말했다.

조는 개리 말을 못 들은 척했다. 첫 플레이에 조는 잭에게 반대편으로 패스하라고 주문했다.

"나는 뭘 하지?"

개리가 물었다.

"너는 하이크나 해 줘, 머저리."

플레이 하나가 끝날 때마다 개리는 조를 바라봤다. 그러나 조는 계속해서 하이크나 하라고 말했다. 조는 둘이 얘기했던 특별한 플레이에 대해서는 깡그리 잊어먹은 걸까?

상황은 더 나빴다. 다른 애들의 플레이도 영 신통치 않았던 것이다. 잭은 패스받은 공을 두 번이나 놓치고 말았다. 브라이언도 한 번 놓쳤다. 조는 두 번이나 태클을 당했다. 개리 팀은 6대 0으로 지고 있었다.

조는 초조한 눈빛으로 팀원들을 바라봤다.

"뭔가 좋은 생각 없어?"

조가 물었다.

"머저리, 너는 어때?"

개리는 갑자기 위가 꼬이는 것 같았다.

"할 수 있겠어?"

조가 물었다.

"물론이지, 걱정하지 마."

조는 한숨을 푹 내쉬었다.

"되는 게 아무것도 없네. 네가 하프백을 맡아. 옆으로 두 발짝 빠르게 옮기면 내가 너에게 짧게 패스할게. 그럼 너는 잭을 따라 엔드 라인까지 가. 브라이언, 네가 하이크해."

모든 일이 순식간에 벌어졌다. 브라이언이 하이크를 했다. 개리는 두 발짝 간 다음 돌아섰는데, 공이 이미 와 있었다. 공은 개리 얼굴에 맞고 튕겨 나갔다.

조는 화를 내며 있는 대로 목청을 높였다.

"받을 수 있다며?"

그러고는 넌더리가 난다는 듯이 고개를 저었다.

"야, 공을 머리로 받으면 어떡하냐, 손으로 받아야지!"

다른 애들은 웃음을 터뜨렸다.

"미안해. 공이 너무 빨라서 말이야."

개리가 말했다.

"그래? 다음번에는 언더핸드 패스를 해 줘야겠구나."

조가 말했다.

팀원들은 작전 회의 대형을 짰다.

"미안해."

개리가 다시 말했다.

조가 다음 작전을 알려 줬다. 브라이언에게 롱패스를 하는 작전이었다.

"넌 하이크를 해, 머저리."

개리가 하이크를 했다. 그런데 너무 짧았다. 공이 조의 30센티미터 앞 땅바닥으로 떨어졌다. 플레이는 거기서 그대로 끝나고 말았다.

"이젠 하이크도 제대로 못 해?"

조가 개리에게 말했다.

"좋아. 다시 한다!"

조가 소리쳤다. 새로 작전을 짤 필요도 없다는 뜻이었다.

"대신 하이크만 다른 애가 한다!"

"그럼 나는 뭐 해?"

개리가 물었다.

"알 게 뭐야!"

조가 쳐내듯이 내뱉었다.

"공을 받는 것도 못 하고, 그 쉬운 하이크도 못 하잖아. 그냥 내 눈앞에서 사라져, 머저리! 네 낯짝도 보기 싫으니까."

개리는 고개를 푹 숙이고 사이드라인 쪽으로 걸어갔다. 사이드라인까지 거의 다 왔을 때였다. 누군가 공을 하이크하자 개리가 돌아서서 달리기 시작했다.

개리 옆에는 아무도 없었다. 당연히 개리를 막는 선수도 하나 없었다. 이게 바로 조가 짰던 진짜 작전이었다!

개리는 어깨 너머로 공을 던지는 조를 봤다. 공이 공중에서 빙빙 돌면서 날아왔다.

공을 놓칠 것 같다, 쭉 그렇게 생각하고 있었다. 조가 아침에 공을 받을 수 있겠느냐고 물었을 때만 해도 개리는 자기가 이미 공을 놓치기라도 한 것 같은 느낌이었다.

그때 머릿속 한쪽 구석에서 앤젤린 목소리가 들렸다.

"오빠는 공이 되어야 해."

나노세컨드의 순간에 개리는 그 말이 이해됐다. 공이 내려왔다. 개리는 두 손을 내밀어서 아기를 안는 것처럼 부드럽게 공을 가슴에 안았다.

모두의 눈이 개리를 향해 있었다. 하지만 개리는 조금도 흔들리지 않고 골라인을 향해 달렸다. 터치다운이었다.

개리는 공을 눈앞에 들어 올려 '공이 어떻게 여기에 있지?' 하는 표정으로 바라봤다. 그러고 나서 공을 땅에 내리꽂았다.

"아주 잘했어!"

조가 높이 쳐든 개리의 손바닥을 마주치며 소리쳤다.

양 팀 선수들도 한 명씩 차례차례 방금 무슨 일이 있었는지 깨닫기 시작했다. 모든 것이 연기였다. 공을 떨어뜨리고 하이크에 실패하고. 머저리가 모두를 속인 것이었다.

"적어도 자기 팀에게는 말해 줬어야 하는 거 아니야?"

잭이 물었다.

"비밀이 새어 나갈까 봐 그랬지."

조가 웃으며 대답했다.

"대단했어!"

브라이언이 그렇게 말하고는 개리를 봤다.

"배우 해도 되겠다!"

개리는 여전히 숨이 안 쉬어졌다.

"정말 대단한 패스였어! 공을 놓치지 않아서 다행이야."

"완벽했어!"

잭이 말했다.

"다른 녀석이 했으면 안 통했을 거야. 그런데 다들 너를 머저리라고 알고 있잖아. 기분 나쁘게 생각하지는 마. 그냥 다들 그렇게 생각한다는 거니까. 알잖아, 작전이 성공했던 것은 그 덕분이지.”

“나도 알아.”

개리가 말했다.

잭이 손을 쳐들자 개리가 손뼉을 마주쳤다.

“우리가 머저리에 대해 모르는 게 많아.”

조가 말했다. 조는 개리 목덜미를 쥐고는 장난스럽게 흔들었다. 마치 강아지를 흔들듯이.

“이 녀석, 지금까지 우리를 갖고 놀았다니까!”

14

개리는 책으로 꽉 찬 사물함 앞에 서서 두 손으로 얼굴을 문질렀다. 집에 가져가야 하는 게 무엇인지 전혀 기억이 나질 않았다.

자기가 터치다운을 하다니. 아직도 흥분이 가시질 않았지만 개리에게는 더 중요한 일이 있었다. 바로 농담. 어제는 농담을 하나도 만들지 못했다. 그래서 오늘은 두 배로 만들어야 했다.

개리는 수학책을 꺼낸 다음, 다른 책들이 사물함에서 쏟아지기 전에 사물함 문을 얼른 닫았다. 해적 책도 마저 읽어야 하는데.

아이라 펠드먼의 웃음소리가 들려와서 개리는 뒤를 돌아봤다.

"마이클한테 들었어."

아이라가 무슨 얘기를 하는지 통 알 수가 없었다.

"가게에 가서 바꿔 달라고 해. 그럼 새 카드로 교환해 줄 거야."

아이라가 웅얼거리는 말투로 말했다. 개리 흉내를 내는 것이었다.

개리는 히긴스 쌍둥이 형제 중 하나가 보여 준 '밥 브렘리' 야구 카드가 생각났다.

"마이클이 그러는데, 너도 야구 카드 수집을 시작할 거라면서?"

개리는 고개를 저었다.

"아닌데."

"아, 너도 수집해야 하는데."

또 시작이다. 도대체 내가 왜 야구 카드를 수집해야 한다는 건데?

"나는 모자를 수집해."

아이라가 개리를 탐색이라도 하는 듯이 찬찬히 봤다. 야구 카
드를 볼 때와 같은 눈빛이다.

"너는 왜 맨날 농담만 하니?"

개리는 어깨를 으쓱했다. 실은 농담을 그만뒀다는 말을 아이
라에게 하고 싶지는 않았다.

"사람들을 웃기려고 그러지."

"왜?"

개리가 다시 어깨를 으쓱했다.

"사람들은 웃는 걸 좋아하잖아."

아이라는 잠깐 생각에 잠겼다.

"그러게. 그럴지도 모르겠다."

다른 사람들은 그럴지 몰라도 자기는 그렇지 않다는 뜻으로
들렸다.

개리는 집에 가면서 혼자 중얼거렸다.

"사람들 웃기는 걸 왜 좋아하느냐고? 무슨 질문이 그래? 누
구나 웃는 걸 좋아하잖아. 웃는다는 것은 좋은 일이야. 나도
아이라에게 왜 야구 카드를 수집하느냐고 물을 걸 그랬어. 그

래! 그랬어야 했는데."

"머저리, 공 간다!"

미식축구공이 개리 얼굴을 향해 날아왔다. 개리는 재빨리 수
학책을 쳐들었다. 수학책이 공에 맞아 땅바닥으로 떨어졌다.

조와 잭이 웃음을 터뜨렸다.

개리도 따라 웃으면서 공을 주워 들었다.

"길게!"

잭이 그렇게 말하고는 달리기 시작했다.

자기에게 뭘 하라는 건지 개리가 깨닫기까지는 시간이 걸렸
다. 그러는 틈에 잭은 너무 멀리 가 버렸다. 개리가 있는 힘껏
공을 던졌지만 잭이 있는 곳까지는 닿지 못할 것 같자 잭은 다
시 되돌아와서 공을 잡았다.

"너도 미식축구 같이 할래?"

조가 물었다.

"나도? 물론이지."

잭이 공을 다시 개리에게로 던졌다. 개리는 공을 받으려고 자
세를 잡고 섰는데, 조가 개리 앞으로 펄쩍 뛰어들더니 공을 가
로챘다.

조는 재빨리 몸을 돌려 개리에게 공을 패스했다. 그러나 개리가 전혀 예상하지 못하고 있던 바람에 공은 개리 배를 맞히고 튕겨 나갔다.

개리는 공을 주워 들고 수학책도 주워 들었다. 그러고는 조와 잭의 뒤를 따라 달려갔다.

"어서 와, 친구들. 궁둥짝들 좀 서둘러서 움직이라고!"

라이언 어트가 미식축구 연습장에서 소리쳤다.

모든 애들이 개리가 체육 시간에 했던 속임수 플레이를 알고 있었다.

"대단했어, 머저리. 너한테 그런 능력이 있는 줄은 몰랐는데. 솔직히 공을 받을 줄 알 거라고는 생각 못 했어."

폴이 말했다.

"공을 받는다 해도 어느 방향으로 달려야 하는지도 모를 줄 알았어."

매트의 말에 모두가 웃었다. 개리도 함께 웃었다.

"그게 개리의 비밀 무기지. 개리는 지금까지 머저리인 척을 한 거야. 우리를 갖고 놀았던 거지, 안 그래?"

조가 말했다.

개리는 미소를 지었다. 갖고 놀다니, 조가 하는 말이 무슨 뜻인지 궁금했다.

사람 수가 부족하자 애들은 논의 끝에 '공평하게' 개리에게 양 팀의 센터를 맡기기로 결정했다.

"누가 올 때까지만, 알겠지?"

조가 말했다.

"좋아. 그런데 나도 공 받을 수 있어. 아까 터치다운도 했잖아."

"그 속임수는 이제 다들 알고 있잖아. 두 번은 못 써먹는다고."

잭이 말했다.

"잭과 나는 오랫동안 함께 플레이해 왔잖아. 그래서 나는 잭의 움직임을 잘 알고 있어."

조가 설명했다.

"그리고 센터가 뭐가 나빠? 플레이할 때마다 공을 만질 수 있는데."

폴이 거들었다.

"그 말이 맞아. 나는 공 한 번 못 만져 보고 경기의 반을 보낼 때도 있어."

브라이언도 맞장구를 쳤다.

"센터는 팀에서 가장 중요한 포지션이야. 매번 플레이를 시작하잖아."

매트가 말했다.

개리는 어깨를 으쓱했다. 센터를 하는 것도 나쁘진 않았다. 그런데 그렇게 중요한 포지션이라면 왜 아무도 센터를 하고 싶어 하지 않는데?

"나를 뭐로 보는 거야. 내가 바보야?"

"센터를 할 때 가장 중요한 규칙이 뭔지 알아?"

라이언이 개리에게 물었다.

"뭔데?"

"네 궁둥짝으로 공을 방해하면 안 된다는 거야!"

라이언이 이렇게 말하고는 목청 높여 웃어 댔다.

실은 라이언이 한 말이 농담이라고 생각되진 않았지만 개리도 따라 웃었다. 농담도 이해하지 못하는 친구가 되고 싶진 않았기 때문이다.

태클이 심했다. 모두가 체육 시간에 할 때보다 훨씬 더 거칠

게 플레이했다. 개리가 하이크를 할 때마다 누군가 개리를 밀쳐서 넘어뜨렸다.

"야, 머저리! 길이가 30센티미터쯤 되고 날카로운 앞니 둘에 온몸이 녹색 비늘로 덮여 있는 뱀을 뭐라고 부르게?"

매트가 물었다.

"몰라."

"나도 몰라. 그런데 그 뱀이 방금 네 바지 속으로 기어들어 갔어."

전에도 들어 본 농담이었지만 개리는 어쨌든 웃어 줬다. 실은 매트가 '목에 기어간다.'라고 말할 것으로 예상했지만 '바지 속으로 기어들어 갔다.'라고 하는 게 더 웃기긴 했다.

개리는 다른 웃기는 대답 두 가지를 더 생각했다.

길이가 30센티미터쯤 되고 날카로운 앞니 둘에 온몸은 녹색 비늘로 덮여 있는 뱀을 뭐라고 부르게?

학생 주임.

길이가 30센티미터쯤 되고 날카로운 앞니 둘에 온몸이 녹색 비늘로 덮여 있는 뱀을 뭐라고 부르게?

독사.

왜?

학생 주임 선생님 이름이 독사니까.

오늘 나, 꽤 날카로운데. 개리는 생각했다. 이러다 베이겠어, 조심해야지.

평소 같으면 집에서 농담을 만들고 있을 시간이었다. 이제 집에 가면 저녁 먹고 수학 숙제한 다음 해적 책을 마저 읽을 시간밖에 없었다.

에이, 겨우 하루잖아! 하루쯤은 문제가 되지 않아. 친구도 중요하니까.

개리는 공을 하이크했다. 그러자 폴이 개리를 밀쳐서 넘어뜨렸다.

15

개리는 손뼉을 쳤다. 방에는 개리와 우피 골드버그, 로빈 윌리엄스, 조너선 윈터스, 우디 앨런, 그리고 W. C. 필즈밖에 없었다.

"좋아. 여기, 세상에서 제일 웃기는 농담이 나가신다!"

개리는 책상 위에 놓인 책을 힐긋 봤다. 독후감 숙제를 이틀 안에 제출해야 하는데 아직 다 읽지도 못했다. 괜찮아. 아직 시간은 충분하니까.

"오리가 병원에 들어왔어요. 의사 선생님이 물어봤지요. '어디가 안 좋은가요?' 그러자 오리는……. 오리는……."

"오리가 뭐라고 해야 할까. 아냐, 오리는 아무 말도 하지 않았어. 오리는 후두염에 걸렸거든."

개리는 두 손을 마주 대고 비볐다.

"그래서 오리가 병원에 간 거거든. 아니, 후두염이 아니라, 오두염에 걸린 거야. 그래, 그거 괜찮네, 오두염. 아냐, 아니야. 오리는 안 되겠어."

개리는 침대에 털썩 앉았다.

농담 짓기를 이틀이나 쉬었으니 다시 시작하기가 쉽지는 않을 거라고 예상은 했다. 문제없다. 흐름을 타기까지 시간이 좀 걸릴 뿐이다.

오늘도 학교가 끝난 뒤, 조와 잭이 미식축구를 하자고 했지만 이번에는 거절했다.

"계속 센터만 하라고는 하지 않을게."

조가 약속했다.

"안 돼. 금요일까지 독후감 숙제를 끝내야 한단 말이야. 그런데 책도 다 못 읽었어."

개리가 말했다.

"오늘은 아직 수요일이잖아."

잭이 말했다.

"미안해. 어쨌든 물어봐 줘서 고마워."

"뭐, 알겠어."

조가 말했다.

개리는 장기 자랑 대회에서 선보일 농담을 지어야 한다고 얘기하지는 않았다. 그런 얘기를 했다가는 장기 자랑 대회를 너무 진지하게 생각하고 있다며 조가 핀잔할 것이다.

개리는 계속해서 농담을 쥐어짰다.

"오늘 병원에 가서 의사 선생님에게 말했어요. '선생님, 좀 도와주세요. 코에서 냄새가 나지 않아요.' 그랬더니 의사 선생님은 '샤워를 하세요. 환자분 코에서는 냄새가 나지 않는지 몰라도 몸에서는 구린 냄새가 심하게 나는군요.'라고 말했지요."

개리는 고개를 저었다.

"이 농담은 아무래도 구려.

'어쩌다 코가 부러졌나요?' '문에 부딪혔어요.' '아니, 앞도 안 보고 다니나요?' '그럴 필요가 없었어요. 문은 늘 열려 있었거든요. 어떤 바보가 문을 닫았나 봐요!'"

이 농담은 좀 웃길 줄 알았는데 막상 해 보니 별로 재미가 없었다. 이건 조도 웃기다고 생각하지 않을걸.

조가 새로운 기준이 되었다. 농담을 하나 할 때마다 개리는 그 농담을 조가 재미있어할지 상상해 봤다.

"'의사 선생님, 저 좀 도와주세요. 제 코가 꽃이 되어 버렸어요. 어떻게 해야 하죠?' '아스피린 두 알 먹고 일주일에 두 번씩 물을 주세요.'"

아니야, 조는 마음에 들어 하지 않을 거야.

"'의사 선생님, 제 입이 화단이 되어 버렸어요. 튤립도 심고……'"

아니야, 조는…….

"'의사 선생님, 저 좀 살려 주세요. 제 코가 개구리가 되어 버렸어요. 왜 이렇게 되었을까요? 전에는 올챙이였거든요.'"

개리는 넌덜머리가 나서 고개를 절레절레 흔들고는 창가로 가서 손뼉을 쳤다.

"자, 갑니다. 처음부터 다시 시작! 세상에서 제일 웃기는 농담이 나가요!"

창밖에서 어린 여자애 셋이 롤러스케이트를 타고 있었다. 보도블록들 틈에 부딪힌 바퀴들이 덜컥거리는 소리를 냈다. 개리는 여자애들을 잠시 봤다. 여자애 둘은 나머지 한 아이보다 롤러스케이트를 훨씬 더 잘 탔다. 더 잘 타는 아이들이 앞으로 쑥쑥 나갔다가 나머지 한 아이에게 돌아오고는 했다.

잘 타는 아이 중 하나가 소리를 질렀다.

"얼른 와, 세라!"

세라가 넘어졌다가 간신히 일어나서 친구들 뒤를 따랐다. 개리는 아이들이 모두 보이지 않을 때까지 지켜봤다.

그러고는 다시 손뼉을 쳤다.

"좋아, 여기 갑니다! 세상에서 제일 웃기는 농담이 나가요! '초콜릿 쿠키를 먹었는데 너무 딱딱해서 이가 조각나고 말았어요. 아마도 초콜릿 칩 쿠키였나 봐요.'('칩 chip'이 '조각'이라는 뜻인 것을 이용한 농담:옮긴이)"

아니야, 조는⋯⋯.

"비가 오는 날에 선글라스를 낀 여자를 봤어요. '비 오는 날 웬 선글라스죠?' '우산이 없어서요.'"

개리 눈에 양손을 옆구리에 올리고 고개를 젓는 조의 모습이 보이는 것 같았다.

"오리가 우산을 들고 가는 것을 봤어요. 아냐, 오리는 아니야. 우리 이미 오리는 안 하기로 했잖아."

"한 남자가 병원에 갔어요. '의사 선생님, 저 좀 도와주세요.'
'어디가 아프신가요?' '제 머리가 초록색이에요.' '염색을 하시
면 어떨까요?' '했어요. 그래서 초록색이 된 거예요.'"

조가 미소를 짓는 것 같았다.

"'왜 머리를 초록색으로 염색하셨죠?' '제가 제일 좋아하는
색이거든요.' '그럼 뭐가 문제인가요?' '대머리가 되어 가고 있
어요.'"

조가 고개를 저었다.

"'의사 선생님, 저 좀 도와주세요.' '어디가 아프세요?' '콧
수염이 났어요.' '그게 왜요? 콧수염 기르는 사람은 많잖아요.'
'하지만 저는 겨우 중학교 1학년생이란 말이에요!' '나이보다
일찍 성숙하는 사람도 있어요.' '저는 여자라고요.' '털이 나는
여자도 많아요.' '게다가 저는 대머린데요.' '그래서요? 콧수염
이 나고 대머리인 미인들도 많습니다.' '머리가 시려서 재채기가
나면 콧물이 콧수염에 걸려요.'"

조가 얼굴을 찌푸렸다.

개리는 한숨을 쉰 다음 책상에 올려 뒀던 책을 슬쩍 봤다.

"스니츠베리 여사는 신경통 때문에 비만 오면 왼쪽 다리가 아팠어요. 장마철이 되자, 스니츠베리 여사는 왼쪽 다리가 저리고 아파 견딜 수가 없어서 병원에 갔지요. '의사 양반, 왼쪽 다리가 쑤셔 죽겠소. 무슨 큰 병이라도 난 거 아니우?' '여사님, 너무 걱정 안 하셔도 돼요. 나이가 들면 다 그렇게 아픈 거예요.' '이 양반아, 왼쪽 다리랑 오른쪽 다리는 동갑이여!'"

이건 좀 웃기다. 스니츠베리 여사를 더 많이 등장시켜도 되겠다.

"'의사 선생님, 저 좀 도와주세요! 자꾸 눈알이 튀어나와요……. 입이 한 자나 나왔어요……. 배꼽시계가 안 맞아요……. 간이 떨어졌어요……. 머리 뚜껑이 열렸어요……. 쓸개가 빠졌어요……. 배보다 배꼽이 더 커요.'"

요란한 진공청소기 소리에 집중이 끊겼다. 개리는 두 손으로 귀를 꼭 막고 생각을 계속하려고 애썼다.

"길에서 한 남자가 머리에 오리를 이고 가는 걸 봤어요."

아, 안 돼, 안 돼! 오리 얘기는 그만!

"그런데 그건 오리가 아니었어요! 그 남자는 실은 외계인이었어요. 그 외계인들은 모두 머리에 오리를 이고 다닌답니다. 머리에 오리를 이고 있지 않은 외계인을 그들이 뭐라고 부르는지 아세요? 대머리요!"

진공청소기 소리가 더 커졌다. 개리는 방문을 벌컥 열고 거실에서 청소하는 아빠를 쏘아봤다.

"나중에 하시면 안 돼요? 집중을 못 하겠잖아요!"

개리가 아주 크게 외쳤다.

"1분이면 끝날 거야."

개리는 다시 방으로 들어가 문을 닫았다.

"저런 기계가 하루 종일 돌아가는데 내가 어떻게 농담을 지을 수 있겠어?"

개리는 벽에 붙어 있는 포스터들을 가만히 바라봤다.

"로빈 윌리엄스는 농담을 지을 때 진공청소기 소리에 시달리지는 않았을 거야. 그냥 미식축구나 할걸."

아빠가 거실에서 안방으로 들어갔는지, 여전히 들리긴 했지만 진공청소기 소음이 줄어들었다.

"좋아. 내가 어디까지 했더라? 오리 얘기였지? 아니야. 오리 얘기는 그만하자고."

"땅콩버터로 양치질해 본 적 있나요?"

개리는 열심히 하려 했지만, 개리 귀에 여전히 진공청소기 소리가 들려 왔다.

다음 날도 개리는 농담을 하나도 짓지 못했다. 독후감 발표 준비를 해야 했는데, 막상 준비가 끝나니 농담을 만들 기분이 나지 않았다.

이미 만든 농담들은 하나같이 웃기지 않았다. 개리는 지난 2주 동안 만들어 낸 농담 가운데 뭐가 가장 재미있는지 떠올려 보려고 했다. 하지만 정말 괜찮은 농담은 하나도 없었다. 개리가 만든 어떤 농담도 조를 웃기지는 못할 것이다.

"다들 나를 머저리라고 생각하는 것도 이상하지 않은 일이야."

금요일 아침, 개리는 해적과 아름다운 처녀 얘기에 관한 독서 감상을 발표했다. 다 읽은 책의 줄거리를 말하기만 하면 돼서 그리 힘들지는 않았다.

"아주 잘했어, 개리! 이렇게나 준비를 잘했다니 놀라운데?"

발표를 마치자 칼라일 선생님이 개리를 칭찬했다.

개리 또한 놀랐다. 예전 같으면 줄거리를 어떻게 전달해야 할지 몰라 무척 애를 썼을 것이다. 아마 해적처럼 차려입거나, 더 나아가 가발과 드레스로 처녀 분장까지 했을 것이다.

무얼 위해서? 선생님은 그렇게 해도 칭찬하지 않았을 것이다. 반 애들도 개리를 놀리기만 했을 것이다. 그럼에도 자신은 그렇게 했을 것이다. 왜냐고?

"그야 나는 머저리니까."

개리는 고개를 절레절레 흔들며 교실 밖으로 나왔다.

"세상에서 제일 웃기는 사람? 아니. 나는 세상에서 제일 지루한 사람일걸."

개리가 큰 소리로 말했다.

"괜찮아! 너는 세상에서 제일 웃기는 궁둥짝이니까."

마침 옆을 지나가던 라이언 어트가 개리에게 말했다.

점심시간에 조 리드는 2학년 형들과 어울리고 있었다. 개리에게 흙 묻은 아이스크림을 억지로 먹였던 2학년 학생회장 필립 코빈도 함께였다.

개리는 그 무리에게 다가갔다.

"안녕, 조?"

조는 개리를 돌아보고는 미소를 지었다.

"뭐, 머저리."

"어……."

개리는 머뭇거렸다. 무슨 말을 해야 할지, 아니 말을 해야 하는지조차 알 수 없었기 때문이다. 만일 조가 "뭐야?" 하고 물었다면 질문에 답하기만 하면 된다. 그런데 "뭐."라고만 말했기 때문에 개리는 조가 자기한테 질문한 것인지 아닌지 헷갈렸다.

"안녕, 머저리! 아이스크림 먹을래?"

2학년 중 하나가 물었다. 다들 박장대소했다.

개리는 어깨를 으쓱했다. 놀림받는 것에는 익숙했지만 조 앞에서만은 그러지 말았으면 했다.

"아이스크림 맛있겠는데. 나도 하나 먹을까."

조가 말했다. 조는 눈치채지 못한 것 같았다.

"내가 사 올게."

개리가 말했다.

"아니, 그건……."

조의 말을 끊고 개리가 물었다.

"어떤 종류로 사 올까?"

"음……, 아이스크림 샌드위치. 고마워, 머저리."

조가 다른 애들을 보고 살짝 웃었다.

"쟤 뭐냐. 네 강아지냐?"

필립이 물었다.

개리는 아이스크림 자동판매기 쪽으로 걸어갔다.

"머저리, 가서 물어 와!"

필립이 개리 등 뒤에 대고 소리쳤다. 개리는 못 들은 척했다.

자동판매기 쪽으로 걸어가던 개리는 불현듯 자기에게 돈이 한 푼도 없다는 사실을 깨달았다. 그래도 계속 걸었다. 달리 어떻게 해야 할 줄 몰랐으니까. 개리는 자동판매기 앞에 서서 바지 주머니에 손을 넣었다. 이미 알고 있던 대로 바지 주머니는 텅 비어 있었다. 혹시나 해서 잔돈 반환구를 살펴봤지만 그런 행운은 없었다. 개리는 자동판매기 버튼을 눌러 봤다. 제발 이번 한 번만 그냥 작동이 되어 줬으면.

개리는 남은 점심시간 내내 조를 피해 다녔다. 체육 시간에도 가능하면 조와 부딪히지 않으려고 애썼다.

조로 말하자면, 점심시간에 있었던 일에 대해 아무 말도 하지 않았다.

이번 금요일 밤은 농담을 만들 수 있는 마지막 밤이었다. 남은 한 주는 농담들을 순서대로 배열한 다음 연습하는 데 써야 한다.

개리는 침대에 누워 천장을 올려다봤다.

"이 바보 같은 장기 자랑 대회에 나가지 말까 봐. 대신 야구 카드나 모을까."

누군가 방문을 두드렸다. 엄마가 조심스레 방 안으로 들어왔다.

개리는 엄마를 노려봤다.

"방해하면 안 되겠지? 그런데 아빠하고 엄마는 영화 보러 가려고 하는데, 너도 같이 가고 싶어 할까 봐."

개리가 한숨을 쉬었다.

"공연 준비를 해야 해요. 장기 자랑 대회가 일주일밖에 남지 않았어요."

"하룻밤 정도는 쉬고 싶지 않을까 생각했지."

"좋아요! 알았어요! 쉴게요! 그걸 원하시는 건가요? 장기 자랑 대회에 안 나간다고요! 이제 만족하세요?"

"엄마한테 화낼 필요 없다. 우리는 너도 영화를 보고 싶을까 봐, 그게 다였어. 가기 싫으면……."

"알았다니까요! 간다고 했잖아요. 그게 원하시는 거라면 영
화 보러 가요!"

"엄마는 그저……."

"가자니까요, 뭐 하고 있어요? 어서 가요!"

개리 가족은 결국 가지 않기로 했다.

16

미스터 본은 챙이 없는 원통형 모자를 쓰고 있었다. 인조 표범 가죽으로 만든 모자였다.

"새로 산 표범 가죽 무늬 모자예요!"

미스터 본은 이렇게 말하고 웃었다.

개리는 그게 무슨 말인지 알 수가 없었다.

알고 보니 〈표범 가죽 무늬 모자〉라는 옛날 노래(재클린 케네디가 유행시킨 패션을 풍자한 밥 딜런의 노래:옮긴이)가 있었다. 미스터 본은 크로케 나무망치를 마이크 삼아 노래를 부르면서 가볍게 춤을 추었다.

"아~ 당신은 오늘,

새로운 표범 가죽 무늬 모자를 썼네요.

예~ 당신은 오늘,

새로운 표범 가죽 무늬 모자를 썼네요.

말해 주세요.

그런 모자를 쓰면 어떤 기분인가요.

새로운 표범 가죽 무늬 모자를 쓰면요."

아벨 아저씨가 미스터 본을 보며 물었다.

"그게 끝인가요?"

미스터 본이 어깨를 으쓱했다.

"1절만 불렀죠."

"별 내용이 없네요?"

개리가 물었다.

"엄청 멋져요!"

앤젤린의 생각은 달랐다.

미스터 본이 기뻐하며 말했다.

"밥 딜런이 쓴 곡이야. 역사상 가장 위대한 싱어송라이터지."

개리와 아벨 아저씨는 서로를 바라봤다. 두 사람은 이 노래 어디가 그렇게 대단한지 통 알 수가 없었다. 하지만 미스터 본이 춤을 추는 모습은 보기 좋았다. 미스터 본이 개리의 5학년 선생님이었을 때에는 그렇게 춤추지 않았다.

개리도 모자를 쓰고 있었다. 초록색 띠가 둘린 검은색 중절모였다.

"장기 자랑 대회 준비는 다 끝났니?"

미스터 본이 물었다. 미스터 본은 갑자기 5학년 때 선생님으로 돌아가 숙제를 다 했느냐고 묻는 것 같았다.

"거의 다 돼 가요."

개리는 자신 있게 대답하려 애를 썼다. 차마 그만둘지 고민 중이라는 말은 할 수 없었다. 미스터 본은 개리가 5학년일 때부터 뭐든 시작만 하고 끝낼 줄을 모른다고 늘 나무라던 선생님이었으니까.

"잠깐. 계속 노래하고 춤출 거야, 아니면 크로케를 마저 할 거야?"

오랜만에 이기고 있던 거스 아저씨가 불평을 늘어놓았다.

개리 차례였다. 개리가 자세를 잡고 공을 쳤다. 공은 골대 사이로 깨끗하게 들어갔다.

그런데 그 공은 다른 사람 공이었다.

"그건 내 공인데. 오렌지색은 내 공이라고."

아벨 아저씨가 말했다.

"예?"

"네 공은 초록색이잖아. 방금 오렌지색 공을 쳤어."

미스터 본은 아벨 아저씨와 개리의 모자를 벗기더니, 개리 모자를 아벨 아저씨 머리에 씌우고 아벨 아저씨 모자를 개리 머리에 씌웠다. 그런 다음 이렇게 말했다.

"자, 이러면 되겠죠?"

앤젤린이 웃음을 터뜨렸다.

"선생님은 선생님이 아닐 때 참 웃겨요."

"고마워, 내 생각에도 그래. 그런데 무슨 일이니, 개리? 오늘 좀 정신이 없어 보인다."

미스터 본이 물었다.

"정신이 온통 장기 자랑 대회에 가 있나 보네. 하긴, 일주일밖에 안 남았으니까."

아벨 아저씨의 말에 개리는 어깨를 으쓱했다.

"내가 긴장 푸는 방법을 알려 줄까?"

앤젤린이 물었다.

"어떻게 하는데?"

개리는 그렇게 물었지만, 앤젤린이 뭔가를 앞두고 긴장하는 모습은 전혀 상상할 수 없었다.

"대회가 금요일 맞지? 토요일이면 다 끝나잖아, 영원히. 그러니까 금요일 생각은 하지 말고 토요일만 생각하는 거야."

"그래, 그래. 정말 좋은 방법이다, 앤젤린. 그런데 지금 당장 알고 싶지 않니, 개리? 무대 위에서 긴장하지 않는 확실한 방법을 가르쳐 줄까?"

거스 아저씨가 말했다.

"그게 뭔데요?"

"잘 들어. 무대 위에 올라가서 관객을 쭈욱 훑어보라고. 그러고는 모두가 벌거벗고 있다고 상상하는 거야!"

"거스!"

미스터 본이 소리를 질렀고 개리와 앤젤린은 웃음을 터뜨렸다.

"왜요? 연설하는 사람들이 써먹는 아주 오래된 수법인데."

거스 아저씨가 변명했다.

"일단, 저도 객석에 있을 거니까요."

미스터 본이 말했다.

개리 얼굴이 빨개졌다.

"선생님도 오시겠다고요?"

개리가 미스터 본을 보지도 않고 물었다.

"우리 모두 갈 거야. 세상없어도 그런 자리에 빠지면 안 되지."

아벨 아저씨가 말했다.

"우리가 너의 오빠 부대가 되어 줄게."

미스터 본이 말했다.

"저의, 뭐가 되어 준다고요?"

"네가 농담할 때마다 우리가 마구 웃어 준다니까!"

선생님이 설명했다.

"안 웃기면 어떡해요?"

"우리는 무조건 웃을 거야. 원래 코미디언들한테는 농담할 때마다 객석에서 웃어 주는 친구들이 있어. 어떤 코미디언들은 객석에 앉아서 웃어 줄 사람들을 돈을 주고 고용하기도 해."

"그거 사기 아니에요?"

앤젤린이 물었다.

"아니야. 어떤 사람들은 웃는 걸 어색해해. 이런 사람들은
다른 사람들이 웃고 나서야 웃을 때가 많지. 그러니 개리가 농
담할 때마다 웃어 줄 관객 몇 사람만 객석에 심어 놓으면? 금세
전체 관객이 웃게 되는 거야!"

아벨 아저씨가 말했다.

그때 갑자기 거스 아저씨가 웃음을 터뜨렸다.

"뭐가 그리도 웃겨요?"

앤젤린이 물었다.

"아무것도 아니야. 그냥 한번 연습해 봤어."

이 말을 듣고는 모두 자기 나름대로 연습했다. 킥킥거리기도
하고 손뼉을 치며 큰 소리로 웃기도 했다. 다들 소리를 지르고
악을 쓰고 눈물을 글썽이면서 무릎을 두드렸다. 장기 자랑 대
회에 올 수 없는 앤젤린도 따라 웃었다.

"그런데 문제가 하나 있어."

거스 아저씨가 말했다.

"뭔데?"

아벨 아저씨가 물었다.

"개리가 하는 말에 언제 웃어야 할지, 어떻게 알지?"

개리는 하늘을 올려다봤다.

미스터 본이 거스 아저씨의 팔을 주먹으로 쳤다.

"아냐! 내가 가야 하는데!"

앤젤린이 소리를 빽 질렀다.

"안됐구나, 앤젤린."

아벨 아저씨가 말했다.

"하지만 다른 비행기는 모두 아침 비행기야. 학교를 빼 먹을 수는 없잖니. 게다가 학교에서 데려다주지 않으면 너 혼자 공항까지 갈 수도 없고."

"학교를 하루 빼 먹는 것보다, 개리 오빠가 코미디언으로 데뷔하는 모습을 보는 게 훨씬 더 중요하다고요!"

"나라에서는 그렇게 생각 안 할걸. 나라에서 네 교육비를 다 지원해 주고 있잖니. 비행기 삯도 대 주고."

아벨 아저씨가 말했다.

"아냐!"

앤젤린이 계속 투덜댔다.

"장기 자랑 대회가 끝나자마자 아빠가 공항으로 갈게. 대회가 어땠는지 아주 자세히 말해 주마.”

아벨 아저씨가 앤젤린을 위로했다.

얼굴을 찌푸리고 있던 앤젤린이 갑자기 환한 표정을 지었다.

“좋은 수가 있어요! 아빠하고 미스터 본이 결혼하는 거예요! 아빠 결혼식이 있다고 하면 학교에서도 나를 집에 보내 줄 테니까요.”

아벨 아저씨와 미스터 본의 얼굴이 동시에 빨개졌다. 둘은 알아들을 수 없는 말을 작게 중얼거렸다.

“그거 아주 좋은 생각이다!”

거스 아저씨가 아벨 아저씨 등을 찰싹 때리며 말했다.

“어, 그…… 캑…….”

아벨 아저씨가 이상한 소리를 내더니 헛기침을 했다.

미스터 본이 끼어들었다.

“앤젤린, 나한테 좀 더 현실적인 아이디어가 있단다. 학교 비디오카메라를 빌려서 개리 공연을 녹화했다가 나중에 보여 줄게.”

“하지만 선생님이 개리 오빠 농담을 듣다가 웃으면 녹화를 못 하잖아요.”

"학생 한 명을 데려가지, 뭐. 어쨌든 나보단 더 잘 찍을 거야."

미스터 본이 개리를 돌아봤다.

"네 공연을 녹화해도 괜찮겠지, 개리?"

개리가 어깨를 으쓱했다.

"물론이죠. 아무 문제 없어요."

안 봐도 비디오다! 머저리의 비디오 쇼라니!

17

개리는 장기 자랑 대회에 나가지 않기로 했다.

"확실히 결정한 거니?"

랭글리 선생님이 물었다. 개리는 고개를 끄덕였다. 그러고는 랭글리 선생님이 개리 이름을 명단에서 지우는 걸 지켜봤다.

잘된 거야. 개리는 운동장을 가로질러 걸어가며 생각했다. 이제 웃기지도 않는 농담을 짓느라 시간을 허비하는 대신 학교가 끝나면 미식축구나 숙제를 할 수 있게 됐다. 가장 좋은 건, 농담을 하지 않은 덕분에 부모님에게서 100달러를 받을 수 있다는 것이었다!

"안녕, 아이라? 마이클! 스티브!"

개리가 크게 외쳤다.

마이클과 스티브가 함께 있었다. 따라서 누가 마이클이고 누가 스티브인지 구분하지 못해도 괜찮았다. 쌍둥이는 "안녕, 머저리?" 하고 인사를 받아 줬다.

"나도 야구 카드 수집할래."

개리가 애들에게 말했다.

셋은 이 새로운 소식을 진심으로 반기는 눈치였다. 세 아이는 개리에게 어떤 브랜드가 좋은지, 값은 얼마나 하는지, 어느 가게에 좋은 카드가 많은지를 열심히 알려 줬다.

"그런데 머저리에게는 그런 게 문제가 될 것 같지 않은데. 머저리는 아직 한 장도 없잖아."

스티브(또는 마이클)가 말했다.

이유는 모르겠지만 이 말에 셋은 배꼽 빠지게 웃어 댔다.

"어떤 것이든 겹칠 걱정이 없잖아, 안 그래?"

아이라 말에 애들이 다시 깔깔대며 웃었다.

개리도 따라 웃었다.

아이라가 추천해 준 야구 카드 가게는 마침 개리가 자주 가는 할인점 옆에 있었다. 개리는 옛정을 생각해서 할인점부터 들렀다.

"모자를 모으는 애로구나."

가게를 보는 노부인이 말했다.

개리도 노부인을 알고 있었다. 이런 가게에서 일하는 노부인이 그리 돈이 많지 않다는 것을 개리는 예전부터 알고 있었다. 그러나 노부인에게는 감탄이 나올 만큼 우아한 그 무엇이 있었다. 말투도 매우 품위 있었다. 큰 키에 꼿꼿이 서 있는 모습도 그랬다. 막상 둘이 나란히 서 보면 노부인의 키는 개리 턱 정도밖에 안 오겠지만 보기에는 커 보였다.

"야구 카드도 모아요."

개리가 노부인에게 말했다.

"미안하다. 그쪽 방면으로는 내가 도움이 안 되겠구나. 그래도 어제 들어온 것을 보여 주마. 보자마자 네 생각이 났단다."

은색 리본과 장식용 단추가 달려 있고, 감색 펠트로 만든 홈부르크 모자였다. 리본에는 가장자리가 흰색인 노란 깃털이 꽂혀 있었다.

개리는 모자를 써 봤다. 꼭 끼는 게 조금 작은 것 같았다. 거울에 모습을 비춰 봤다.

노부인이 개리 뒤에 와서 섰다.

"아주 근사하네!"

그 말대로 아주 멋져 보였다. 하지만 개리는 야구 카드 살 돈밖에 없었다. 게다가 모자는 조금 작지 않은가.

"다음번에요."

개리는 옆 가게로 가서 야구 카드 한 세트를 달라고 했다.

저녁을 먹으면서 개리는 부모님께 장기 자랑 대회 관련 소식을 털어놓았다.

"중간에 관두는 습관을 싫어하시는 건 잘 알지만······."

개리가 자초지종을 얘기하기 시작했다.

"잘 생각했다. 너도 알겠지만, 우리는 네가 장기 자랑 대회를 지나치게 진지하게 받아들이는 점이 걱정이었단다."

아빠가 말했다.

"네가 만약 우승을 못 하면 마음에 상처를 입을 텐데, 그런 일을 겪게 하고 싶지 않았어."

엄마의 말이다.

개리는 엄마와 아빠에게 새로운 취미인 야구 카드 수집에 대해 얘기했다.

엄마와 아빠는 괜찮겠다고 말해 줬다.

"나도 야구 카드를 상당히 많이 모았었지. 윌리 메이스, 미키 맨틀……. 그 카드들, 다 어디로 갔는지 모르겠다. 요즘 그 카드들이 얼마나 비싸게 팔리는지 아니?"

아빠가 절레절레 고개를 흔들더니, 개리 눈을 바라보며 아주 심각하게 말했다. 아버지로서 엄청 중대한 조언을 하려는 것 같았다.

"무슨 일이 있어도 야구 카드는 버리지 말거라."

개리는 그렇게 하겠다고 아빠와 단단히 약속했다.

저녁을 먹고 개리는 유명한 코미디언 포스터들을 모두 떼어 버렸다. 그러고는 야구 카드를 좍 펼쳐 놓고 야구 선수들의 통산 평균 타율을 외우기 시작했다.

18

개리는 아이라에게 자기 야구 카드를 보여 줬다. 서로 교환하기도 했다. 개리는 카드 두 장을 주고 아이라 카드 다섯 장을 받았다. 자기는 두 장밖에 안 줬는데 아이라는 왜 다섯 장이나 주는지 이해는 안 갔지만 불평할 일은 아니었다.

"이제 초보자인 친구를 돕고 싶을 뿐이야. 처음 시작할 때 중요한 건 카드를 일단 많이 모으는 거야. 어떤 카드를 모았는지는 중요하지 않아."

아이라가 설명해 줬다.

전부 순식간에 일어난 일들이라 개리는 뭐가 뭔지 하나도 몰랐다. 하지만 제법 잘하고 있기는 한 모양이었다. 왜냐하면 아이라가 스티브와 마이클에게 개리와 카드를 교환한 얘기를 했더니 쌍둥이도 개리와 카드 교환을 하고 싶어 했으니까.

"머저리, 다음번에 새 야구 카드가 생기면 나한테 먼저 와. 알았지? 내가 아주 잘해 줄게."

마이클(또는 스티브)이 말했다.

"아니야, 나한테 와."

스티브(또는 마이클)도 말했다.

"우리는 친구잖아. 나는 너한테 항상 잘해 줬어, 맞지?"

아이라가 말했다.

체육 시간에 조는 개리가 패스를 몇 번 받도록 해 줬다. 개리는 조가 해 준 패스 세 번 가운데 두 번을 받아 냈다. 그중 한 번은 잭이 개리에게 잘 받았다고 칭찬까지 해 줬다.

"잭, 학교 끝나고 온라인 미식축구 하러 갈래?"

조가 말했다.

잭이 어깨를 으쓱했다.

"그러지, 뭐."

개리는 사람들이 온라인 미식축구 같은 걸 왜 하는지 이해할 수가 없었다. 전자 공과 어떻게 연결하는 것일까? 배터리로 작동하든지 아니면 아주 기다란 코드가 있어야 할 것이다.

"너도 갈래, 머저리?"

조가 물었다.

"응?"

"학교 끝나고 우리 집에 와서 온라인 미식축구 하겠느냐고."

"좋아, 재밌겠다."

개리는 신난 척하면서 말했다.

개리는 조가 어디에 사는지 몰랐다. 조에게 물어보면 알려 주겠지만 그러기 싫어서 물어보지 않았다. 조가 어디에 사는지 모른다는 것을 들키기 싫었으니까. 바보가 따로 없었다! 그날 마지막 수업인 역사 시간에 자리에 앉아서도 자신이 바보 같다고 생각했다.

수업이 끝나면 개리는 조를 찾아서 어디에 사는지 물어봐야 한다. 조는 왜 아까 물어보지 않았을까 하고 이상하게 생각할 것이다. 개리는 고개를 저으면서 한숨을 쉬었다. 아니면 전화번호부를 찾아보면 된다. 하지만 전화번호부에는 수많은 리드가 있을 것이다. 게다가 전화번호부에 늘 주소가 적혀 있는 것도 아니다.

"이건 아이스크림 샌드위치를 사다 주지 못한 것보다 상황이 더 안 좋은데."

개리가 중얼거렸다.

종이 울리자마자 개리는 복도로 뛰어나가 조와 잭을 찾았다. 학교에는 복도가 네 군데 있었다. 개리는 재빨리 이 복도 저 복도를 뛰어다녔다. 처음에는 복도에 사람이 많아서 밀치며 한 명씩 확인해야 했다. "조심해, 머저리!" 누군가 개리에게 타박을 줬다. 그러나 개리는 계속해서 조와 잭을 찾아다녔다. 복도에는 점점 더 사람들이 적어졌고 마침내 아무도 남지 않게 되었다. 개리는 실망하며 건물 밖으로 나왔다.

집에 절반쯤 갔을 때, 문득 한 블록 거리에 있는 매트, 라이언, 폴이 보였다. 개리는 그들을 향해 뛰어갔다.

"너희, 조가 어디에 사는지 알아?"

개리가 숨을 몰아쉬며 물었다.

"무슨 일인데, 머저리?"

매트가 물었다.

방금 말했잖아.

"조 리드가 어디에 사는지 아냐고. 조가 나더러 자기 집에 오
라고 했거든."

약간은 자랑스러운 말투로 개리가 덧붙였다.

셋은 서로를 바라봤다.

"정확한 주소는 잘 모르는데 가닛 레인에 있어."

폴이 말했다.

"파란색과 하얀색 칠이 된 이층집이야. 집 앞에 수양버들 한
그루가 서 있어."

개리는 버드나무가 정신 수양을 하는지, 인격 수양을 하는지
는 묻지 않았다. 그저 이렇게 물었다.

"그런데, 가닛 레인이 어디야?"

"마이카 로드가 어디에 있는지는 알아?"

폴의 질문에 개리가 고개를 끄덕였다.

"마이카 로드를 따라 길 끝까지 가면 돼. 쉽게 찾을 수 있을
거야."

"길을 잃어버리면 네 궁둥짝이 시키는 대로 따라가."

라이언 어트가 충고했다.

마이카 로드는 구불구불한 길이었다. 한 모퉁이를 돌 때마다 개리는 여기가 끝이었으면 하고 바랐지만 길은 계속해서 구불구불하게 펼쳐졌다.

끝이 없는 길인 걸까. 개리는 바보가 아니다. 폴이 장난삼아 꾸며 낸 것일 수도 있다. 그러나 개리는 이제 폴과 매트 그리고 라이언과 조금은 친구가 되었다고 생각했다. 학교가 끝나고 함께 미식축구도 하지 않았던가. 무엇보다 개리는 애들에게 조가 자기를 초대했다는 말도 했다. 그 애들이 조에 관한 일에 장난을 칠 리가 없었다.

개리는 계속 걸었다.

"게다가 길을 틀리게 가르쳐 주는 게 무슨 재미가 있겠어?"

개리는 스스로에게 물었다.

"재미가 있어야 장난도 하는 거 아니겠냐고."

모퉁이 하나를 돌자, 마침내 길의 끝처럼 보이는 곳이 나타났다. 개리는 걸음을 빨리했다. 이윽고 가닛 레인이라고 적힌 표지판이 보였다.

가닛 레인은 인도가 없는 좁고 조용한 길이었다. 파란색과 하 얀색 칠이 된 이층집은 금세 눈에 띄었다. 정말로 별로 멀지 않 았다.

"정신 수양을 하고 있는 거야, 인격 수양을 하고 있는 거야?"

개리는 수양버들에게 물었다. 나무에게 농담해서는 안 된다 고 말한 사람은 아무도 없었다.

개리는 초인종을 눌렀다.

한 아주머니가 문을 열어 줬다. 개리는 아주머니에게 조를 만 나러 왔다고 말했다.

"내 남편 말이니? 지금 사무실에 있을 시간인데."

줄리 로즈가 자기 엄마 뒤에서 나타났다.

"쟤가 여기는 웬일이래요?"

개리는 그냥 돌아섰다.

이건 전혀 웃기지 않다.

"줄리 로즈네 집을 가르쳐 주는 게 무슨 재미가 있을까?"

개리는 그게 가장 속상했다. 애들은 그런 게 재미있을 거라 고 생각했다는 점. 애들이 그런 걸 재미있겠다고 생각한 이유 는 줄리가 학교에서 가장 인기 많은 여자애였기 때문이다. 반면에 개리는…….

개들이 개리를 어떻게 생각하는지는 이제 분명해졌다.

19

"새 카드 산 거 없냐, 머저리?"

스티브(또는 아마도 마이클)가 물었다.

"음……, 없어. 시간이 없었어."

"시간?"

마이클(또는 스티브)이 물었다.

"야구 카드를 사는 데 시간이 얼마나 걸리는데?"

"뭐……, 적어도 2분은 걸리지."

아이라가 말했다.

아이라와 히긴스 쌍둥이 형제가 웃음을 터뜨렸다.

"거스름돈까지 받으려면 2분 30초가 걸리고."

마이클(또는 스티브)이 말했다.

다시 웃음이 터졌다.

"잔돈만 가져갔다면 2분하고도 45초!"

나머지 히긴스 쌍둥이가 크게 말했다.

아이라는 너무 심하게 웃느라 거의 쓰러질 뻔했다.

개리는 씩 웃고는 어깨를 으쓱했다. 뭐가 그리 우스운지 도무지 이해할 수가 없었다. 개리가 가게까지 가는 데만 30분은 걸린다는 사실을 분명히 알 텐데.

"2분하고도 46초! 카드를 한 장 떨어뜨렸다면."

아이라가 말했다.

모두 죽어라 웃어 댔다.

개리는 학교 건물에 기댔다. 개리는 조를 봤지만 조는 개리를 보지 못했다. 조에게 뭐라고 해야 할지 몰랐다. 차고 청소를 해야 했다는 식의 거짓말을 해야 하겠지.

누군가 개리 어깨에 손을 올렸다.

"그래, 머저리. 줄리는 잘 만났어?"

매트였다. 폴과 라이언이 웃음을 터뜨렸다.

"꽃을 가져가라고 할 걸 그랬어."

폴이 말했다. 애들이 다시 웃었다.

라이언이 팔꿈치로 개리를 찔렀다.

"뽀뽀는 했니?"

"아니!"

개리가 말했다.

"그래? 왜 안 했어? 아주 좋은 기회였을 텐데."

매트가 물었다.

"줄리가 너를 엄청 좋아하잖아. 그래서 일부러 너한테 줄리 집을 가르쳐 준 거야. 그냥 가라면 부끄러워서 못 갈 거잖아."

폴이 말했다.

"그래, 맞아."

개리가 대답하자, 폴이 상처를 받기라도 한 듯한 표정을 지었다.

"내가 거짓말한다고 생각해, 머저리? 나는 너를 도와주고 싶었을 뿐이야. 그런데 네가 뭐, 그렇게 생각하지 않는다면 야……."

폴이 자리를 떴다. 매트와 라이언도 뒤를 따랐다.

개리는 장기 자랑 대회를 알리는 포스터를 바라봤다.

노래할 줄 아세요? 춤을 잘 추나요?

아니면 튜바를 불 줄 아세요?

플로이드 힉스가 여러분을 기다립니다.

장기 자랑 대회에 참가하세요!

이틀 남았다. 개리도 관객으로는 참가할 수 있었다. 조가 랩을 하는 모습을 보고 싶었다.

"잠깐만. 이거 하나만 짚고 넘어가자, 머저리. 너, 줄리 로즈네 집에 갔다며?"

체육 시간에 조가 말했다.

개리는 어깨를 으쓱했다.

조와 잭이 웃음을 터트렸다.

아이들은 플래그 미식축구를 하고 있었다.

"내 쪽이 완전히 열려 있었잖아."

다시 모이면서 개리가 말했다.

"너를 못 봤어, 미안. 그런데 네가 줄리네 집 앞에 서 있는 모습이 자꾸 생각나서."

조가 이렇게 말하고는 웃었다.

"우습다는 건 너도 인정하지?"

조가 다시 웃었다.

개리는 미소를 지었다.

학교가 끝나고 개리는 곧장 집으로 왔다. 얼른 숙제를 끝내고 싶었다. 조가 늘 본다는 텔레비전 쇼가 8시에 시작하기 때문이다.

개리는 책상 앞에 앉아 장기 자랑 대회를 떠올렸다. 무대 위에 올라가 학교 전체가 보는 앞에서 농담을 하겠다고 실제로 결심했었다니, 믿기지 않았다. 지금은 아예 상상도 할 수 없는 일이다.

이틀 남았다.

"지금쯤 제정신이 아니었겠지."

개리는 역사책 한 챕터를 읽어야 했다. 그러다 읽던 구절을 반복해서 읽고 있는 자신을 발견했다. 그 구절을 적어도 세 번은 읽었는데도 여전히 무슨 말인지 이해할 수가 없었다.

"집중이 안 되는구나, 엉?"

뒤에서 누군가의 목소리가 들렸다.

개리가 뒤를 돌아봤다.

어떤 할머니가 개리 침대에 다리를 꼬고 걸터앉아 있었다. 할머니는 그레이비소스를 끼얹은 으깬 감자를 먹고 있었다.

개리는 할머니가 으깬 감자를 숟가락으로 듬뿍 퍼서 쩝쩝 소리를 내며 먹는 모습을 봤다. 할머니는 초록색 플란넬 잠옷에 조로가 쓰는 모자와 비슷하게 생긴 검은색 모자를 쓰고 있었다.

"너도 좀 먹을래?"

할머니가 그레이비소스를 끼얹은 으깬 감자를 한 숟가락 떠서 개리에게 내밀었다.

"아니요."

개리는 고개를 저었다. 갑자기 그 할머니가 누구인지 알 것 같았다.

"할머니는……."

"스니츠베리 여사. 친구들은 나를 글래디스라고 부르지."

할머니는 자랑스럽다는 듯이 말했다.

"글래디스요?"

"친구들만 그런다니까. 너는 내 친구가 아니잖아. 그래, 어쩔 생각이야?"

"네?"

"네?"

스니츠베리 여사가 개리 말을 따라 했다.

"무슨 말씀이세요?"

"무슨 말씀이세요? 무슨 말씀이냐고?"

스니츠베리 여사가 으깬 감자가 담긴 접시를 침대 위에 툭 내려놓았다.

"장기 자랑 대회에 안 나간다며?"

개리가 어깨를 으쓱했다.

"그건 안 될 말씀이야, 젊은이! 지난 2년간 너는 날마다 나를 놀려 댔잖아."

스니츠베리 여사가 침대에서 뛰어내렸다.

"내가 언제 불평 한 번을 하던?"

스니츠베리 여사가 개리 가슴을 손가락으로 꾹꾹 찔렀다.

"하더냐고!"

스니츠베리 여사가 다시 한번 개리를 찔렀다.

"하더냐니까?"

개리는 서랍장까지 뒷걸음질을 쳤다.

"아니요!"

개리는 소리를 질렀다.

"나는 여사님이 진짜 사람이라는 것도 몰랐는걸요. 누군지도 몰랐고요."

"당연히 나는 불평한 적이 없지. 왜냐하면 나는 농담 속에 나오니까, 농담 속에! 인간의 가장 위대한 능력인 농담 속에 말이야. 농담이야말로 인간과 다른 동물들을 구별해 주는 것이지. 농담은 인간만이 할 수 있다고. 개가 농담하는 거 봤어? 봤냐고."

"아니요."

"개에게는 유머 감각이 없기 때문이야!"

개리가 뚫어져라 바라보자 여사의 얼굴이 흐릿해지더니 점차 사라지기 시작했다가, 눈을 깜박이자 다시 또렷해졌다.

스니츠베리 여사가 개리 귀를 잡아당겼다.

"아얏!"

개리가 소리를 질렀다.

"그러니까 이제 와서 나를 버릴 수는 없어, 이 녀석아! 신세를 갚아야지!"

개리는 몸을 빼냈다.

"하지만 내 농담은 하나도 웃기지가 않아요!"

개리가 말하며 침대에 걸터앉았다.

"그래서? 전에는 그래도 계속했잖아?"

개리는 한숨을 쉬었다.

"농담이다! 이런, 그동안 마음고생이 많았구나."

스니츠베리 여사가 개리 옆에 앉았다. 그레이비소스를 끼얹은 으깬 감자 바로 위였다.

"농담이 하나도 안 웃기다니까요."

개리가 침울하게 말했다.

"2주간 매일 매일 농담을 만들었어요. 그런데 하나같이 꽝이었어요! 나한테 친구가 한 명도 없는 건 당연해요. 온종일 이런 농담을 들어야 한다면 나라도 내 친구가 되긴 싫을 거예요. 나는 평생, 매 순간을 머저리 같은 짓만 하고 살았단 말이에요."

"안 그런 사람이 어디 있다니? 더구나 다른 사람이 무슨 말을 하든 그게 무슨 상관이야? 내가 보기에 너는 무지막지하게 웃겨. 여태껏 네가 하는 농담을 빠짐없이 들었지. 그때마다 나는 뒤집어졌다니까!"

"정말로요?"

"물론, 그중에는 구린 것도 있었지."

여사는 모자를 벗어서 고약한 냄새를 풍기며 부채질을 해 댔다.

"개리, 네가 할 일은 이거란다. 웃긴 농담과 구린 농담을 가려내는 것."

"어떤 농담이 웃긴데요?"

개리가 간절하게 물었다.

"그건 네가 알아내야지."

여사는 그렇게 말하고는 자리에서 일어서더니 방을 가로질러 갔다. 엉덩이에 묻은 으깬 감자와 그레이비소스가 뚝뚝 떨어져

내렸다.

"내 생각에는 여사님 시리즈가 제일 웃겨요. 그건 저도 자부해요. 하지만, 어쨌든 이젠 너무 늦었네요. 장기 자랑 대회는 내일모레인걸요. 못 해요. 농담들을 구성할 시간도 모자랄 거예요. 연습할 시간은 말할 것도 없고요. 이제 못 해요. 게다가 랭글리 선생님이 허락……"

그때 엄마가 불쑥 방으로 들어왔다. 개리는 깜짝 놀라 뒤를 돌아봤다.

"너, 괜찮니?"

개리는 어깨를 으쓱했다.

"그럼요."

"네가 온 집 안이 떠나가도록 소리를 질러서 와 봤어."

"그건, 장기 자랑 대회를 준비하느라 그랬어요."

"장기 자랑 대회는 안 나가기로 했다면서."

"생각이 바뀌어서요."

스니츠베리 여사가 개리 궁둥이를 꼬집었다. 개리는 깜짝 놀라 펄쩍 뛰었다.

"잘한다, 꼬맹이. 진작에 그랬어야지."

엄마가 개리를 이상하게 바라봤다.

"개리, 정말 괜찮은 거 맞니?"

"이보다 좋을 수는 없을걸요? 게다가, 그만둔다고 해서 문제가 해결되는 것도 아니고요."

개리가 진지하게 덧붙였다.

"엄마하고 아빠가 늘 말씀하셨잖아요. 나는 한번 시작한 일을 끝내는 법이 없다고요. 이번에는 끝을 내 볼 거예요. 무슨 일이 있어도, 백 퍼센트로!"

스니츠베리 여사가 또다시 궁둥이를 꼬집는 바람에 개리는 다시 한번 펄쩍 뛰었다.

"알았다."

엄마는 잠시 머뭇거리다가 말했다.

"충분히 생각해서 내린 결정이라면."

20

개리는 농담을 적어 둔 메모지를 한데 모아 쭉 읽었다. 모든 농담이 다 구린 것 같지는 않았다.

"내 입으로 말하기는 뭐하지만, 사실 몇 개는 꽤 웃겨."

단지 쓰레기에 둘러싸여 있어서 발견하기 어려웠던 것뿐이었다.

"얼마나 머저리스러운지!"

개리는 우습지 않은 농담 하나를 읽으면서 중얼거렸다.

죽은 스컹크 얘기는 재미있다. 무대에서 분명히 써먹을 수 있을 것이다. 조금 다듬기만 하면 된다.

개리는 죽은 스컹크 얘기와 어울리는 농담들을 추려 냈다.

뽀뽀하는 벌레는? 웃기긴 하지만 너무 말이 안 된다.

"이건 안 돼."

개리는 단호하게 말했다.

"우리 인생과 똑같은 거야."

개리는 철학자처럼 심오하게 말했다.

"나는 언제나 머리에 떠오르는 걸 그대로 말해. 대부분은 엉터리 말들이지. 그래서 내가 뭔가 웃기는 말을 해도 사람들이 귀담아듣지를 않는 거야. 실제 사람들하고 얘기할 때는 처음으로 돌아가서 내가 했던 멍청한 말들을 지우고 다시 시작할 수가 없으니까."

하지만 바로 그렇게 할 수 있기 때문에 무대 공연은 매끄럽게 다듬어지는 것이다. 지루한 부분은 모두 다 지우고 재미있는 장면만 오롯이 남길 수 있다. 썰렁한 말은 하나도 안 하고 웃기는 말만 할 수 있다는 뜻이다!

"아벨 아저씨한테 도와달라고 해야겠어. 하, 하. 쓰레기를 몽땅 트럭에 실어 버려 달라고 말이야."

개리는 가장 웃기는 농담 몇 개를 골라낸 다음 순서를 정하기 시작했다. 간단한 작업이었다. 웃기는 농담들은 자연스럽게 어울렸다. 머릿속에서 이미 순서를 정해 놓은 것 같았다. 심지어는 별 노력도 하지 않았는데 웃기는 농담 몇 개가 저절로 떠올랐다. 새로 만들어 낸 농담들은 이전 농담들보다 더 웃겼다.

"아니야, 쉽게 단정하지는 말자. 처음에는 재밌었던 얘기도 다음 날 보면 시시할 때가 많았잖아. 정말 웃긴 농담들인지는 내일 다시 확인하는 편이 좋겠어."

잠깐, 내일이라고? 내일은 목요일이잖아!

시간이 조금만 더 있었으면 했다. 단 하루 만이라도.

개리는 오후 내내 농담과 씨름했다. 저녁밥도 후딱 해치우고는 거의 자정까지 머리를 굴렸다. 숙제도 하지 않았다. 어쩔 수가 없었다.

잠자리에 들 때쯤에는 아직 다듬어야 할 부분이 많이 남아 있긴 했지만 어떤 농담들을 어떤 순서로 풀어 놓을지 대강 정리할 수 있었다. 개리는 또한 무대의 마무리를 어떻게 할지도 구상해야 했다. 기막힌 엔딩이 필요했다.

"빵 하고 터질 만한 것 없나!"

개리가 주먹으로 손바닥을 치면서 말했다.

덧붙여서 완벽히 암기해야 하고 타이밍도 조절해야 하며 무대 연습도 해야 한다.

"물론 내가 최종 무대 연습을 할 수는 없지. 연습을 한 번이라도 했어야 최종 무대 연습을 하지."

개리는 침대를 밟고 올라서서 타잔처럼 가슴을 두드렸다. 그러고는 두 팔을 위로 쭉 뻗고서 이렇게 소리쳤다.

"머저리가 돌아왔다!"

목요일 아침, 개리는 학교에 오자마자 랭글리 선생님을 찾아가 다시 장기 자랑 대회에 나가고 싶다고 말했다.

"개리, 나간다고 했다가 그만두겠다고 하더니 다시 또 나가겠다고 하는 거니?"

랭글리 선생님이 말했다.

"할 거예요. 그만두는 일은 없어요."

"좋아. 브렌다 톰프슨에게 가서 얘기해 봐. 너무 늦었을지도 모르겠다."

브렌다는 줄리 로즈와 함께 계단을 올라오고 있었다.

개리가 무슨 말을 하는지 브렌다가 알아듣기까지는 한참이

걸렸다. 브렌다는 개리가 장기 자랑 대회에 나가지 않겠다고 한 사실조차 모르고 있었다.

"그럼 이제 나도 나갈 수 있는 거지?"

"응, 명단에서 빠진 적도 없어."

줄리 로즈가 이상하다는 듯한 얼굴로 개리를 바라봤다. 개리는 자기가 요전 날 줄리네 집에 찾아갔던 일에 대해 매트나 폴이 줄리에게 뭐라고 말했을지 궁금했다. 사실, 그걸 걱정할 여유는 없었다. 다시 장기 자랑 대회에 나가게 됐다. 가장 중요한 건 바로 그거였다.

"남아서 미식축구 좀 하고 갈래?"

조가 물었다.

개리가 한숨을 쉬었다.

"못 해."

"무슨 일 있냐, 머저리?"

잭이 물었다.

"장기 자랑 연습해야 해. 내일 저녁이잖아."

조와 잭이 서로를 보며 곤란한 듯한 표정을 지었다.

"같이 미식축구나 하자, 머저리. 네가 꼭 있어야 해."

조가 말했다.

"너도 랩 한다면서?"

"그래, 맞아. 그런데 준비는 지난주에 끝냈어, 20분 만에. 대단한 일도 아닌데, 뭐. 그냥 장기 자랑이잖아."

"응, 나도 알아."

"그럼 할 거지?"

"아니야, 정말로 집에 가야 해. 나는 너랑은 달라서 매사가 쉽지 않아."

"솔직히 말하면 머저리, 너는 태도를 좀 바꿔야 해. 가볍게 생각하라니까. 재미로 하는 거잖아. 무슨 일이 일어날지 누가 알겠어. 이해하지? 무슨 일이든 생길 수 있는 거라고."

"나도 알아."

"그래서 어떡할 거야? 미식축구 할 거야, 말 거야?"

잭이 물었다.

"못 해."

"네가 하고 싶은 대로 해야지, 뭐."

조가 말했다.

"우리는 말해 줬다. 나중에 딴소리하지 마."

개리는 장기 자랑 생각을 안 하려고 애썼다. 앤젤린이 한 말을 떠올렸다.

"금요일 생각은 하지 마. 토요일 생각만 해. 금요일에 무슨 일이 생기든, 토요일이면 다 끝나잖아. 영원히!"

21

"어떻게 이런 걸 웃긴다고 생각했을까!"

골라 놓은 농담들을 살펴보면서 개리는 자문했다. 도무지 믿을 수가 없어서 고개를 흔들어 댔다.

굉장하다고 생각했던 농담들을 다시 보니 하나도 안 웃겼다. 어제 만든 농담들은 특히 더 시시했다.

새로 짠 농담 중에서는 두 개만 웃겼다. 개리는 다른 농담 세 개는 빼 버렸다.

"시시한 농담은 상한 생선과도 같아."

개리가 냉정하게 말했다.

"처음에는 못 알아차려도 다음 날부턴 썩은 내가 폴폴 풍기니까."

개리는 웃음을 터뜨렸다.

"좋았어, 방금 건 웃겼어! 공연에서 써먹을 수는 없겠지만 웃기긴 했어!"

불현듯, 뜬금없이, 농담 하나가 생각났다. 빼기로 했던 농담이었다. 그런데 웃기다.

"어제는 왜 이걸 시시하다고 생각했을까?"

무엇 때문에 이 농담이 다시 생각났는지가 궁금했다. 아니, 이 모든 농담이 처음에 어떻게 해서 떠올랐는지 자체가 개리는 궁금했다.

픽! 개리는 침대 위로 몸을 던졌다. 자기 방에서, 아니면 자기 머릿속에서 방금 폭탄 하나가 소리를 내며 터진 것 같았다. 개리는 몸을 빙그르르 굴려 천장을 쳐다봤다. 그러고는 속삭였다.

"바로 그거야!"

내일 공연의 마지막을 장식할 멋진 아이디어가 떠올랐다.

문제가 하나 있긴 했다. 과연 그것을 실행할 배짱이 자기한테 있을까?

"물론이지! 왜 없어?"

이 엔딩이 제대로 먹히려면 전체 공연 순서를 다시 조정해야 했다. 엔딩에 맞춰 시작과 중간을 손봐야 하고, 내일 저녁이 오기 전에 전체를 암기해야 한다.

할인점에 그 모자가 아직 있기만을 바랐다. 없으면, 다른 모자를 써야겠지만 그때 봤던 그 모자가 딱이었다. 조금 작았던, 그래서 더욱 좋은.

도움도 필요했다. 엄마, 아빠는 도와주시지 않겠지. 틀림없다. 물어볼 엄두조차 안 났다.

개리는 마음이 바뀌기 전에 부엌으로 가서 거스 아저씨에게 전화를 걸었다. 거스 아저씨와 통화한 다음에는 할인점에 전화를 걸어서 다른 손님에게 그 모자를 팔지 말아 달라고 부탁했다. 개리는 내일 학교가 끝나고 집으로 오는 길에 할인점에 들러 모자를 살 예정이었다.

개리는 공연을 처음부터 끝까지, 세 번 연습해 봤다. 여전히 거칠었다. 좀 더 매끄러울 필요가 있었다. 타이밍도 전부 엉망이었다.

개리는 메모지를 치우고 기억으로만 해 봤다. 아주 많이 암기하고 있어서 스스로도 놀랐다. 메모지는 몇 번밖에 보지 않았다.

처음부터 다시 해 봤다. 이번에는 메모지를 한 번도 보지 않았다. 개리는 짜증을 내며 한숨을 쉬었다.

"연설문이라도 읽는 것 같잖아."

그저 외워서 낭독하는 것처럼 보여서는 안 된다. 자연스럽게, 즉석에서 떠올려 말하는 것처럼 보여야 했다.

"좋아. 한 번 더 해 보자!"

무엇보다 타이밍이 가장 중요했다. 뜸을 너무 오래 들여도 안 되고 너무 짧게 들여도 안 된다. 완벽해야 한다. 뜸을 적당히 들이는 것이 생명이다.

음······. 과연 그럴까? 꼭 뜸을 들여야 할까? 언제? 얼마나 오래? 왜?

"아아아아악!"

개리는 소리를 질렀다.

가만히 흰 벽을 바라봤다. 알 수가 없다. 정말이지 이해가 안 간다. 공연을 여러 차례 반복해서 연습했기 때문일까? 이제는 무엇이 농담이고 무엇이 농담이 아닌지 구별이 되지 않았다.

누군가 방문을 두드렸다.

"뭐예요?"

개리는 소리를 질렀다.

엄마가 문을 열고 안을 들여다봤다.

"무슨 일이 있어도 방해하지 말라고 했지? 그런데……."

개리는 엄마를 노려봤다. 실은 엄마가 방해해 줘서 고마웠지만 내색하진 않았다.

"앤젤린이 전화했어. 급한 일이래. 나중에 전화하겠다고 할까?"

"아니요, 지금 받을게요."

그 말에 엄마는 조금 화가 난 것 같았다. 자기 엄마한테는 무슨 일이 있어도 방해하지 말라고 했으면서, 친구인 앤젤린 전화는 당장 받으러 가겠다고 했기 때문이었다.

개리는 앤젤린 전화를 받으러 부엌으로 갔다. 아마도 장기 자랑 대회에 올 수 있게 됐다는 전화가 아닐까.

"안녕, 앤젤린. 무슨 일이야?"

앤젤린은 곧장 본론부터 얘기했다.

"내일 장기 자랑 대회에 나가지 마."

"뭐라고?"

"아주 끔찍한 일이 일어날 거야. 엄청난 재앙이 닥칠 거라고."

"아, 왜 그래? 내 농담이 썩 웃기지는 않지만, 그렇다고 그걸 재앙이라고까지 부르지는 말아 줘. 하, 하."

앤젤린은 웃지 않았다.

"개리 오빠, 나는 지금 심각해. 저녁을 먹자마자 그걸 느꼈어. 그다음에는 울었어. 울음을 멈출 수가 없었어. 아직도 생생히 느껴진다니까."

전화기 너머로 울음을 삼키는 소리가 들렸다.

"제발 나가지 마. 장기 자랑에 나가지 말라고."

앤젤린은 애원하다시피 했다.

"왜 그래? 무슨 일이 일어난다는 거야?"

"몰라. 나도 몰라. 이런 느낌은 처음인걸."

"나쁜 일인 게 확실해? 그런 느낌이 처음이라면서 그게 재앙이라는 건 어떻게 알아?"

"그냥 알아. 만약 오빠 다리가 부러졌다고 쳐. 그럼 오빠에게 더는 걸을 수 없다고 의사가 꼭 말로 해 줄 필요는 없잖아."

개리는 심호흡했다.

"이미 다 외웠단 말이야."

둘은 전화기를 들고 1분 넘게 말없이 있었다. 그리고 작별 인사를 했다.

개리는 전화기를 조심스레 내려놓았다. 심호흡을 한 다음, 스니츠베리 여사가 있는 쪽을 돌아봤다. 여사는 초록색 잠옷을 입은 채 싱크대 위에 다리를 꼬고 걸터앉아 있었다.

"누구였니?"

"앤젤린이요."

"왜 전화했대?"

개리는 잠시 생각하다가 중얼거렸다.

"별거 아니에요."

"누구랑 얘기하니?"

아빠가 물었다.

개리는 깜짝 놀라 뒤를 돌아봤다. 부엌 식탁에서 아빠가 신문을 읽고 있는 줄은 전혀 몰랐다. 개리는 스니츠베리 여사를 돌아봤다. 여사가 눈앞에서 서서히 사라져 갔다.

"혼잣말이었어요."

그만둘 시간은 아직 있었다. 언제든 그만둘 시간은 있는 법이다. 마지막 순간까지. 그만둘 거라고 누구에게 말할 필요도 없었다. 그냥 안 나가면 끝이다.

"뭐, 재앙이라고? 그럼 재앙이 오라고 하지."

개리는 운동장을 가로질러 걸으며 중얼거렸다.

"롱다리 선생님 말씀대로 한다고 했다가, 안 한다고 했다가, 다시 한다고 했다가, 안 한다고 할 수는 없어. 게다가 거스 아저씨한테도 이미 말했잖아."

"그게 재앙이라면, 재앙이 오라고 하지, 뭐."

개리는 다시 한번 말했다.

"어쩔 수 없잖아. 게다가 나빠 봤자 뭐, 얼마나 나쁘겠어?"

22

때가 됐다.

"미리 화장실 한 번 더 갈래?"

엄마가 물었다.

"아니요. 화장실 안 가도 돼요!"

개리가 단호하게 말했다. 벌써 중학생이나 됐는데 엄마는 아직도 그런 걸 물어본다.

엄마가 개리를 보고 미소를 지었다.

"우리 아들, 아주 근사하다."

조금은 놀란 것처럼 엄마가 말했다.

개리는 신중하게 옷을 골랐다. 하얀색 신발, 하얀색 바지, 감색 셔츠, 빨간색 멜빵, 그리고 학교 끝나고 할인점에서 산 감색 홈부르크 모자.

"장기 자랑 대회는 7시에 시작하잖아. 저녁 먹지 않을래?"

아빠가 말했다.

"출연자들은 조금 일찍 가야 해요. 어떻게 등장하고 어떻게 퇴장하는지, 어떻게 소개받고 싶은지 등등 연습할 게 많대요."

지금 저녁을 먹으면 몽땅 토해 버릴 것이다.

"음, 그래. 그럼 학교에서 보자."

엄마가 말하며 개리에게 입을 맞춰 줬다.

"잘해라."

아빠가 말했다.

"잠깐, 아빠. 물어보고 싶은 게 있어요. 벤치에 참새 세 마리가 앉아 있었어요. 내가 한 마리를 총으로 쏘면 몇 마리가 남을까요?"

"두 마리가 남지."

"틀렸어요. 한 마리만 남아요. 죽은 참새 한 마리요. 다른 두 마리는 날아가 버렸거든요!"

개리가 웃었다.

"이런! 이제 100달러도 날아가 버렸네요."

문을 열고 나가면서도 개리는 계속 웃었다.

개리는 연기에 필요한 소품이 가득 담긴 쇼핑백을 들고 있었다. 쇼핑백은 아무도 내용물을 볼 수 없도록 윗부분을 돌돌 말아 놓았다.

학교에 일찍 가야 한다는 말은 거짓말이었다. 개리는 거스 아저씨네 집으로 갔다.

"와, 너 멋지구나!"

문을 열어 주면서 거스 아저씨가 말했다.

개리는 어깨를 으쓱했다. 사람들이 그런 말 좀 그만했으면 했다. 평소에 자기가 어떻게 하고 다녔기에 그럴까.

거스 아저씨네 집은 박물관을 떠올리게 했다. 아니, 정확히는 박물관의 창고를. 거스 아저씨가 16년간 미화원으로 일하면서 수집한 예술품들을 개리는 경이로운 표정으로 둘러봤다. 이상하고 기이하게 생긴 램프, 화병, 벽걸이, 죽은 물고기 그림, 도로 표지판 몇 개, 해적 머리 모형, 박제한 아르마딜로, 도마뱀 모양 양초······.

"너한테 로스쿨 졸업장을 보여 준 적 있던가?"

거스 아저씨가 물었다.

"아저씨가 로스쿨을 나왔어요?"

"아니, 케빈 데이비드 랠리라는 사람이 로스쿨을 나왔지."

섹시한 여자가 푸들을 앉고 있는 벨벳 그림 옆에 케빈 데이비드 랠리라는 사람의 근엄하기 짝이 없는 로스쿨 졸업장이 걸려 있었다.

"로스쿨 졸업장을 왜 버렸을까요?"

거스 아저씨가 어깨를 으쓱했다.

"저렇게 근사한 그림을 버린 사람은 또 어떻고?"

개리는 여자와 강아지 그림을 다시 돌아봤다. 강아지가 조금만 더 왼쪽으로 비켰으면 싶었다.

"그래, 정말 할 거니?"

개리는 고개를 끄덕였다.

"아무한테도 말 안 하셨죠?"

"장난해? 너도 하면 안 돼."

"안 해요."

개리가 약속했다.

"이유는 알고 싶지 않으세요?"

"다들 알게 될 때 나도 알게 되겠지."

개리는 한숨을 크게 내쉬었다.

"확실하지?"

거스 아저씨가 물었다.

"백 퍼센트!"

개리가 대답했다.

55분 뒤, 개리는 소품이 담긴 쇼핑백을 들고 학교 강당 문 앞에 서 있었다.

"계속 밖에 있을 거니, 아니면 안으로 들어갈래?"

스니츠베리 여사가 물었다.

개리는 여사를 바라봤다.

"재앙은 제 별명이에요."

개리가 그렇게 말하고는 강당 문을 열었다.

"내 별명은 난장판이지."

스니츠베리 여사도 한 말씀 했다.

개리는 줄지어 놓인 빈 접이의자들 사이를 걸어 내려갔다. 랭글리 선생님이 관리인과 함께 무대 위에 서 있었다. 랭글리 선생님은 마이크를 시험하는 중인 것 같았는데, 선생님 목소리가 들리지 않는 걸로 봐서 마이크가 제대로 작동하지 않는 게 틀림없었다.

다른 애들 둘도 무대 위에 있었다. 수전 스미스가 뭔가 준비운동을 하고 있었고, 마샤 포지는 롤러스케이트를 들고 있었다. 낡은 피아노는 무대 왼쪽으로 치워져 있었다.

개리는 무대 한쪽 구석에 있는 계단을 올랐다. 두툼한 보라색 커튼 뒤에 있는 벤치에 애들 몇이 앉아 있었다. 커튼이 열려 있었지만 벤치는 강당에서는 보이지 않았다.

개리는 줄리 로즈와 브렌다 톰프슨 뒤에 앉았다. 소품이 든 쇼핑백은 벤치 아래에 놓았다. 개리가 모르는 빨강 머리 남자애가 벤치의 다른 편 끝에 앉아 있었다.

개리는 검은색 타이츠를 신은 수전 스미스가 한쪽 다리를 어깨 위로 올리는 모습을 봤다.

개리는 입을 한껏 내밀었다가 턱을 앞뒤로 씰룩씰룩 움직였다. 혀도 입 속에서 열심히 움직였다.

빨강 머리 남자애가 개리를 쳐다봐서 개리는 준비 운동을 멈췄다. 남자애는 프로그램 차례표 같은 걸 손에 쥐고 있었다. 줄리와 브렌다도 차례표를 가지고 있었다.

"그거 어디서 났어?"

옆에 앉아 있는 남자애에게 물었지만 남자애는 개리 말을 듣지 못한 것 같았다.

"저 뒤쪽 탁자에 있어."

개리의 뒤쪽 벤치에 앉아 있는 한 여자애가 말해 줬다.

"이걸 가져. 나는 또 있으니까."

개리는 뒤를 돌아봤다. 구불거리는 짧은 금발에 치아 교정기를 끼고 있는 여자애였다. 얼굴은 아는데 이름은 몰랐다.

여자애가 얼굴을 붉혔다.

"실수로 두 개를 가져왔어. 여기."

여자애는 개리에게 차례표 하나를 얼른 건네주고는 다른 데를 쳐다봤다. 창피한 모양이었다.

"내가 첫 순서야! 이름 때문에 맨날 내가 첫 번째야. 이번에도 그럴 줄 알았어."

빨강 머리가 투덜거렸다.

"안됐다!"

개리가 말했다. 첫 번째가 아니라서 안도했지만 굳이 내색하지 않으려 애썼다.

개리는 차례표를 펼치고 참가자 명단을 살펴봤다.

1. 프레드 퍼스트(11세)

새소리 흉내.

태어났을 때부터 새에 관심이 많았음.

2. 코니 리(13세)

기타 연주하면서 노래하기.

기타 시작한 지 2년 반 됨.

3. 수전 스미스(12세)

체조.

언젠가 올림픽에 출전하는 체조 선수가 되는 것이 꿈.

4. 조 리드(12세)

자작 랩.

곡명 〈미취겠어〉.

5. 브렌다 톰프슨(12세)

노래.

곡명 〈여자애들은 그저 노는 것을 좋아할 뿐〉. 학생회 운영 위원장이자, 이번 장기 자랑 대회를 제안함.

6. 매트 휴즈(12세)

좋아하는 농담 몇 개.

친구들은 매트가 학교에서 가장 웃긴 사람이라고 함.

7. 레슬리 앤 커밍스(11세)

콜 포터 노래 메들리.

요즘 노래는 별로 안 좋아함.

8. 줄리 로즈(12세)

자작 시 여러 편 낭송.

학생회장. 커서 시인이 되는 것이 꿈. 돈도 많이 벌겠다고 함.

9. 마샤 N. 포지(13세)

롤러스케이트 묘기.

그냥 스케이트 타는 것이 좋다고.

10. 앨릭스 로스(13세)

피아노 연주.

곡명 〈바흐 인벤션 1번과 8번〉. 다섯 살 때부터 피아노 레슨
을 받음.

개리는 페이지를 넘겼지만 명단은 그게 끝이었다. 혹시 이름
을 놓치고 못 봤는지 확인해 봤지만 자기 이름은 없었다.

"나는 어디에 있어?"

개리는 소리를 질렀다.

"학교 강당에 있잖아."

빨강 머리가 말했다. 새소리를 흉내 낸다는 프레드 퍼스트가
분명했다.

"명단에 내 이름이 없어!"

"원래 들어가 있어야 하는 게 맞아?"

치아 교정기를 낀 여자애가 물었다.

"그래!"

"너는 무대 연습 때 없었잖아."

프레드 퍼스트가 말했다.

"무슨 무대 연습?"

"오늘 점심시간 끝나고 무대 연습했잖아."

여자애가 말했다.

"정식 무대 연습은 아니었지만 우리가 뭘 해야 할지, 어떻게 소개를 받고 싶은지, 등장과 퇴장은 어떻게 할 건지 같은 것들을 점검했지."

"나는 몰랐는데. 아무도 내게 말해 주지 않았어. 브렌다!"

줄리와 브렌다가 동시에 돌아봤다.

"뭐 잘못됐니?"

줄리가 물었다.

개리가 브렌다에게 말했다.

"내 이름이 참석자 명단에서 빠졌어. 내가 다시 장기 자랑 대회에 나가고 싶어 한다고, 랭글리 선생님께 말씀드린 거 맞아?"

"무슨 말을 하는 거야?"

"기억나? 내가 다시 장기 자랑 대회에 나가겠다고 너한테 말했잖아. 그랬더니 내가 그만둔 것도 몰랐다며? 그 전에 한 번 빠진다고 했었지만, 다시 나를 명단에 올려놨어야지."

브렌다가 얼굴을 찌푸렸다.

"네가 잘못해 놓고 나한테 뭐라고 하지 마."

개리는 벌떡 자리에서 일어났다.

"랭글리 선생님!"

랭글리 선생님은 무대 반대쪽 끝에서 워드 교장 선생님과 얘기 중이었다. 개리는 두 사람이 있는 곳으로 가서 대화가 잠시 멈추기를 기다렸다. 그러나 워드 선생님 말씀은 끝날 줄을 몰랐다. 그래서 개리는 중간에 끼어들었다.

"랭글리 선생님!"

두 선생님 모두 개리를 봤다.

"제 이름이 차례표에서 빠졌어요."

랭글리 선생님은 바빠서 정신이 없는 것 같아 보였지만 잠시 개리 얘기에 집중해 줬다.

"네 이름이 차례표에서 빠진 것은 장기 자랑 대회에 나가지 않겠다고 직접 말했기 때문이란다."

"하지만 그다음에 다시 하겠다고 말씀드렸잖아요."

"그래서 나는 브렌다 톰프슨에게 얘기하라고 했고."

"했어요! 그런데 걔는 제가 빠지겠다고 했던 일도 모르고 있었어요. 그래서 제 이름을 다시 명단에 올리지 않았고요."

랭글리 선생님이 한숨을 쉬었다.

"오늘 오후 무대 연습 때는 왜 오지 않았니?"

"무대 연습이 있다는 것도 몰랐는데요."

랭글리 선생님이 고개를 저었다.

"뭐, 이젠 어떻게 할 수가 없구나. 프로그램 차례표 인쇄는 모두 끝났어. 너무 늦었다."

"하지만……."

"미안하다, 개리. 선생님이 지금 엄청나게 바빠서 말이야."

랭글리 선생님은 워드 선생님과 다시 대화를 시작했다. 이따가 워드 선생님이 해야 할 개회사에 관한 얘기였다.

그때 매트, 라이언, 폴과 함께 강당 안으로 들어오는 조가 보였다.

"조!"

개리가 소리를 지르고는 무대 아래로 뛰어내렸다.

"조, 나 좀 도와줘!"

조가 양손을 번쩍 들었다.

"워워, 진정해, 머저리!"

조가 말하며 개리를 위아래로 훑어봤다.

"의상 멋지다!"

"응?"

"네 옷이 마음에 든다잖아, 머저리."

매트가 말했다.

"네 의상 말이야."

"그런데 문제가 뭐야?"

조가 물었다.

개리는 숨을 한 번 크게 쉰 다음, 무슨 일이 있었는지를 처음
부터 설명했다.

"들어 봐. 내가 장기 자랑 대회에 나가기로 했잖아, 그렇지?
너도 잘 알 거야. 그것 때문에 내가 미식축구에 빠지기도 했으
니까. 그런데 일전에 랭글리 선생님한테 장기 자랑 대회에서 빠

지고 싶다고 말했다가, 다시 참가하고 싶다고 한 적이 있어. 그랬더니 선생님이 브렌다 톰프슨에게 얘기하라고 해서 그렇게 했지. 브렌다는 내가 빠지겠다고 했던 사실도 모르고 있더라고. 그러니까 나를 명단에 다시 넣지도 않은 거야! 그런데 이제 와서 랭글리 선생님은 너무 늦었다고 하시는 거야."

"그래, 알았어. 알았으니까 진정하고 있어 봐. 내가 가서 낸시 선생님과 얘기해 볼 테니까."

"낸시?"

"낸시 랭글리 선생님이잖아."

매트가 끼어들었다.

조가 낸시 랭글리 선생님과 얘기하는 동안 개리는 프레드 퍼스트 옆자리로 돌아와 앉아서 기다렸다.

개리는 자기에게 이런 일이 생겼다는 걸 믿을 수가 없었다.

"왜 항상 나일까?"

개리는 스스로에게 물었다.

엄마와 아빠가 곧 올 것이다. 아벨 아저씨와 거스 아저씨, 미스터 본 그리고 미스터 본이 데려와 비디오를 찍게 하겠다는 그 애도. 개리가 이런 이유로 대회에 못 나가게 됐다는 것을 알면 그 애는 어떻게 생각할까?

라이언이 옆에 와서 앉았다.

"네 궁둥짝이 예쁘게 나와야 하는데."

줄리가 뒤를 돌아보며 라이언에게 인상을 썼다.

"너는 '궁둥짝'이라는 말밖에 모르니?"

"그래서, 뭐, 문제 있어?"

조가 돌아와서 엄지손가락을 쳐들었다.

"너 나갈 수 있어, 머저리."

개리는 자기 귀를 의심했다.

"낸시 선생님은 네가 장기 자랑 대회에 못 나간다는 뜻이 아니라, 너무 늦어서 프로그램 차례표에 이름을 올릴 수 없다는 뜻이었대."

"쟤가 첫 번째면 좋겠다."

프레드 퍼스트가 말했다.

"미안하지만, 꼬마야. 쟤가 마지막이란다."

조가 말했다.

"괜찮아요, 아저씨."

프레드가 지지 않고 대꾸했다.

잠시 후, 랭글리 선생님이 와서 개리에게 어떻게 소개받고 싶은지를 물었다.

"그냥 이름이면 돼요. 개리 W. 분."

"너는 농담을 할 예정이지, 맞니?"

개리는 고개를 끄덕였다.

"무대 장치를 조정할 일은 없었으면 좋겠구나."

"여기 다 가지고 왔어요."

개리는 그렇게 말하며 자기 쇼핑백을 발로 툭 찼다.

"특별한 조명이나 뭐 그런 거 필요하니?"

"아니요."

랭글리 선생님은 고개를 젓더니 미소를 지었다.

"왜 항상 너일까?"

개리는 어깨를 으쓱했다.

강당은 애들과 어른들로 꽉 찼다. 빈 의자가 하나도 없어서 강당 뒤쪽과 양쪽 벽을 따라 서 있는 사람들도 있었다. 개리와 다른 출연자들은 무대 바로 뒤에 있는 벤치에 앉아 기다리고 있었다.

랭글리 선생님이 장기 자랑 대회에 온 사람들에게 감사 인사를 했다.

"워드 선생님이 개회사를 하시기 전에 한 말씀 드리겠습니다. 대단히 재능 있는 학생들 가운데 한 명의 이름이 뜻하지 않은 사고로 프로그램에서 빠져 있습니다. 마지막 참가자는 개리 W. 분입니다."

미스터 본과 아벨 아저씨, 거스 아저씨가 휘파람을 불며 환호하는 소리가 강당의 왼편 뒤쪽에서 들렸다.

23

다 같이 입을 맞춰 암송했다.

"나는 충성을 맹세……."

"야, 머저리! 모자를 벗어야지!"

조가 날카로운 목소리로 속삭였다.

개리는 못 들은 체했다.

"……미합중국 국기와 국가에 대해……."

"모자 벗어, 머저리!"

매트가 속삭였다.

"안 돼!"

개리도 지지 않고 속삭였다. 한 손은 가슴 위에, 다른 한 손은 모자에 얹은 채였다.

"······아래 하나의 나라이며······."

"존경심을 보이라니까, 머저리."

조가 속삭였다.

"안 보여도 돼."

프레드 퍼스트가 끼어들었다.

"······자유와 정의의······."

줄리 로즈가 몸을 돌려 물었다.

"너는 미국이 싫으니?"

개리가 대답했다.

"물론 사랑하지. 그냥 모자를 벗기가 싫어."

프레드 퍼스트가 다시 끼어들었다.

"국기에 대한 맹세를 할 때 모자를 벗어야 한다는 법은 없어. 사실 맹세도 안 해도 돼. 뭐가 문제야? 너희는 언론의 자유를 안 믿니?"

모자는 개리 머리 위에 남았다.

워드 교장 선생님의 개회사 제목은 '영감과 예술'이었다.

"'곶감과 옛술'이래."

매트 휴즈가 속삭이자 브렌다 톰프슨이 피식 웃었다.

"엉터리 록밴드 이름 같다, 야."

개리는 너무나 긴장한 나머지 교장 선생님의 연설에 집중할 수 없었다. 잠깐 들은 바로는 교장 선생님이 열세 살 때 발레리나가 되고 싶었는데 너무 뚱뚱했다는 얘기 같았다.

"……그러므로 저는 이 젊은이들이 현재 무엇을 느끼는지 이해할 수 있습니다."

워드 교장 선생님이 말을 끝냈다.

관객이 예의상 박수를 보냈다. 랭글리 선생님이 다시 마이크를 잡더니 첫 번째 출연자를 소개했다.

"프레드 퍼스트."

"행운을 빈다."

개리가 말했다.

스니츠베리 여사가 프레드의 자리에 앉았다.

"무슨 행운을 빌어 주니? 쟤는 네 경쟁자잖아."

여사는 무대 한가운데를 바라보더니 소리를 질렀다.

"딸꾹질이나 해라!"

프레드가 마이크를 향해 다가갔다.

"프레드는 새소리를 흉내 낼 거랍니다."

랭글리 선생님이 프레드에게 말했다.

"어렸을 때부터 새에 관심이 많았다면서? 맞니, 프레드?"

"네."

프레드가 대답했다. 그런데 마이크가 너무 높이 있어서 아무에게도 들리지 않았다.

랭글리 선생님이 마이크 높이를 조절해 줬다. 마이크에 대고 프레드가 말했다.

"네, 제가 아기일 때부터요. 맨 처음 했던 말도 '새'였다고 해요."

관객들 가운데 몇 사람이 "와!" 하고 탄성을 질렀다.

랭글리 선생님이 프레드 옆에서 물러났다.

개리는 프레드 무릎이 떨리는 것을 봤다.

"왜 저는 항상 첫 번째일까요?"

프레드는 마이크에 대고 물었다.

몇몇 사람이 웃었다. 그러나 대부분은 프레드가 한 농담을 이해하지 못한 것 같았다.

프레드는 심호흡을 했다.

"첫 번째로 흉내 낼 새는 북아메리카 큰부엉이입니다."

프레드는 원래 목이 길다. 그런데 새소리 흉내를 내려고 하자 목이 더 길어진 것 같았다.

"우-, 우-."

"이번에는 학교에 간 북아메리카 큰부엉이입니다. 우-울! 우-울!"

관객들이 작게 웃는 소리가 들렸다. 프레드가 새소리 앞에서 조금 뜸을 들였다면 더 재미있었을 텐데. 개리는 생각했다.

"아주 오래된 새소리 흉내 농담이었습니다."

프레드가 말했다.

그런 다음 프레드는 까치, 나이팅게일, 바다오리 소리를 차례로 흉내 냈다.

그때마다 관객들은 예의 바르게 박수를 보내 줬다.

개리는 실제 새들이 어떤 소리를 내는지를 몰랐다. 그래서 프레드가 새소리 흉내를 잘 내고 있는지 아닌지 알 수 없었다. 아마 관객들도 프레드의 새소리 흉내가 정확했는지는 알지 못할 것이다. 모두 프레드가 꾸며 낸 것일 수도 있다! 하지만 누가 그런 짓을 하겠는가?

"이번에는 벙어리 백조 흉내를 내겠습니다."

프레드는 아무런 소리도 내지 않고 잠시 가만히 서 있었다.

프레드의 농담을 눈치챈 관객들이 조금씩 웃기 시작했다.

프레드는 펠리컨과 바다제비, 꾀꼬리 흉내도 냈다.

"그럼, 마지막으로 붉은머리딱따구리 흉내를 내 보겠습니다."

프레드는 심호흡한 다음, 딱따구리 우디(딱따구리가 나무 쪼는 소리와 비슷한 웃음소리로 유명한 애니메이션의 주인공:옮긴이)와 똑같은 소리로 웃어 댔다!

개리는 웃음을 터뜨렸다. 관객들도 웃으면서 박수를 보냈다.

프레드는 활짝 웃으면서 벤치로 돌아왔다.

"대단했어! 딱따구리 우디랑 정말 똑같았어!"

개리가 크게 말하고 나니, 갑자기 딱따구리 우디(Woody)도 'W'로 시작하는구나 하는 생각이 났다.

"끝나서 다행이야. 마이크에 대고 말을 하니 정말 이상한 느낌이 들었어. 말을 하기도 전에 내가 말하는 소리가 들리는 것 같더라니까."

프레드가 말했다.

"새소리 흉내, 실제 새들 소리를 흉내 낸 거 맞아?"

프레드는 개리 말에 대답은 하지 않고 씩 웃기만 했다.

다음 차례는 코니 리였다. 코니는 기타를 치면서 노래를 불렀다. 개리는 코니의 검은 머리가 예쁘다고 생각했다. 그러나 음악에 대해서는 잘 몰라서 코니가 노래를 잘 불렀는지 어쨌는지 알 수가 없었다. 게다가 프레드 퍼스트가 개리 귀에 대고 내내 뭐라고 떠드는 바람에 코니 노래를 제대로 들을 수도 없었다.

"내가 첫 번째여서 정말 다행이었어. 나는 다 끝났으니까 이제 느긋하게 앉아서 남들 장기 자랑만 보면 되는 거야. 아주 좋아. 편안하게 즐기기만 하면 돼. 앉아서 내내 긴장하고 있을 필요도 없고."

"나처럼 말이지?"

개리가 말했다.

"아, 너는 잘할 거야!"

프레드가 말했다.

개리는 깊이 심호흡을 했다.

수전 스미스는 체조를 했다. 무대 위에 매트를 깔고 공중제비와 옆으로 재주넘기, 그리고 다리찢기를 보여 줬다.

"오오, 저거 아프겠다!"

수전이 다리를 찢을 때마다 프레드 퍼스트가 소리쳤다.

"조 리드!"

랭글리 선생님이 조 이름을 불렀다.

조가 일어섰다. 조는 개리에게 눈을 찡긋하고는 씩씩하게 마이크 앞으로 걸어 나갔다.

"조는 자기가 직접 작곡한 랩 송을 부를 거예요. 제목은 〈미치겠어〉."

"'미치겠어.'가 아니에요. '치'가 아니라 '취'라고요. 미취겠어."

"이런, 미안하구나! 어쩌다 이런 엄청난 실수를 저질렀을까?"

랭글리 선생님 말에 어른 관객 몇 명이 웃음을 터뜨렸다.

"〈미취겠어〉입니다."

랭글리 선생님이 고쳐 발표했다.

조는 셔츠 주머니에서 선글라스를 꺼내 쓰더니 리듬에 맞춰 손뼉을 치기 시작했다. 관객들도 어느새 같은 리듬으로 손뼉을 쳤다.

"학교에 있는 한 녀석. 지가 멋지다고 생각해.

분홍색, 노란색 바지를 입지.

발가락은 깨끗한데, 혀는 초록색이야.

코는 사마귀투성이.

빨강! 보라! 파랑! 검정!

내 여친에게서 떨어져라, 잭!

미취겠다, 미취겠어.

누가 봤니? 누가 봤니?

누가 내 뇌 봤니?

미취겠다, 미취겠어.

누가 봤니? 누가 봤니?

누가 내 뇌 봤니?

야야야야야!"

"쟤는 〈미치겠어〉가 아니라 벌써 미친 거 같아."

프레드가 속삭였다.

노래는 몇 절 더 계속됐다. 얼마 지나자 관객들도 손뼉 치기를 멈췄다. 조는 그래도 계속했다.

"죽은 놈이 쓴 책을 봤어.

걔 이름은 생각나지 않아.

진주를 잃어버린 여자애 얘기였어.

모두 내 책임이라네.

오스카! 그로버! 빅 버드! 어니!

고생길이 훤했을 거야!

미취겠다, 미취겠어.

누가 봤니? 누가 봤니?

누가 내 뇌 봤니?"

"응, 스미소니언 박물관 항아리 안에 있겠지."

프레드가 속삭였다.

"미쳐겠다, 미쳐겠어.

누가 봤니? 누가 봤니?

누가 내 뇌 봤니?

야야야야야!"

관객들은 조의 노래가 끝난 게 확실한지 확인하고 나서야 박수를 보냈다.

조가 씩 웃으면서 선글라스를 벗었다.

"과격한데!"

조가 옆에 와서 앉자 매트가 말했다.

"굉장했어!"

줄리 로즈가 말했다.

"침대 밑은 살펴봤냐?"

프레드 퍼스트가 조에게 물었다.

개리는 다시 한번 심호흡했다. 시작은 어떻게 할지, 무슨 말을 어떻게 할지, 자기 공연만 떠올리려고 했지만 집중이 안 됐다. 머릿속에서 뇌가 날뛰며 돌아다니는 것 같았다.

"브렌다 톰프슨."

랭글리 선생님이 브렌다를 호명했다.

브렌다가 마이크 앞으로 다가갔다.

"브렌다는 학생회 운영 위원장입니다. 이번 장기 자랑 대회 아이디어를 낸 학생이 바로 브렌다랍니다."

관객들이 박수를 보냈다.

"장기 자랑 대회 아이디어를 어떻게 떠올렸니, 브렌다?"

"음, 사람들은 우리 청소년에 대해서 안 좋게 말하잖아요. 모두 정신을 빼놓고 다니기라도 한다는 식으로. 저는 우리 플로이드 힉스 중학교 학생들의 재능과 정신을 보여 주고 싶었어요!"

더 큰 박수 소리가 들렸다.

프레드는 자기 손가락을 목구멍에 쑤셔 넣는 시늉을 했다.

브렌다는 〈여자애들은 그저 노는 것을 좋아할 뿐〉이라는 노래를 불렀다. 스피커에서 반주가 흘러나오고 색색의 조명이 번쩍번쩍하면서 브렌다를 비췄다.

영원히 끝나지 않을 것만 같았다. 개리는 모든 순서가 좀 더 빨리빨리 진행됐으면 하고 바랐다. 준비한 농담을 모두 까먹기 전에 어서 자기 차례가 왔으면 싶었다.

"가수가 부르는 것 같은데."

프레드가 속삭였다.

개리는 처음 듣는 노래여서 그런지 어떤지 알 수 없었다.

"친구들이 그러는데, 네가 학교에서 제일 웃긴다며?"

랭글리 선생님의 질문에 매트 휴즈는 어깨를 으쓱했다.

개리는 주의를 기울였다.

"이제부터 매트가 자기가 좋아하는 농담 몇 가지를 우리에게 들려준답니다."

"저, 제가 좋아하는 농담은 아니에요. 제 취향이라고는 말 못 하겠어요."

여기저기서 웃음이 터져 나왔다.

"잘한다, 매트!"

조가 소리를 질렀다.

갑자기 개리의 온몸에 소름이 돋았다. 자기가 만든 농담과 똑같은 농담을 매트가 먼저 해 버리면 어떡하지? 스니츠베리 여사 농담을 매트도 생각해 냈으면 어쩌지?

매트는 바지 뒷주머니에서 쪽지 한 장을 꺼내려 했다. 쪽지는 매트 손을 벗어나 무대 위로 팔랑이며 떨어졌다. 매트는 뒤로 돌아 허리를 구부려 쪽지를 집어 올렸다. 그러고는 쪽지를 펼쳐서 마이크로 다가갔다.

"우리 엄마는 기분이 안 좋을 때 혼자서 이것을 껴요. 기분이 좋을 때는 아빠와 이것을 껴요. 이것은 무엇일까요? 바로 팔짱이에요. 산토끼의 반대말은 뭘까요? 집토끼, 죽은 토끼, 판 토끼, 알칼리 토끼. '아름다운'은 영어로 'beautiful'이죠. 그러면 '티 없이 아름다운'은? 'beauiful'."

매트가 웃더니 다시 쪽지를 보았다.

"숙제를 안 해도 혼나지 않는 사람은? 바로 선생님이에요."

웃는 사람은 거의 없었다. 개리는 휴, 하고 작게 숨을 내쉬었다. 아주 냉정한 관객이었다.

"도둑이 들면 침대 밑에 숨어서 지켜봐요. 부모님이 제 이름을 매트라고 지어 줘서 정말로 다행이죠? 다들 나를 매트라고 부르니까요."

매트는 쉬지 않고 계속해서 농담을 해 댔다. 농담과 농담을 잇는 박자도 없었다. 그래서였는지 중간에 웃기는 농담이 몇 개 있었지만 웃는 사람은 아무도 없었다.

244

"스컹크가 법정에 왔을 때 판사가 뭐라고 했을까요? '법정 구취.'"

순간 개리는 심장이 멎는 줄 알았다. 매트가 죽은 스컹크 농담을 하려는 줄 알았으니까. 다행히 아니었다. 매트는 이어서 연달아 다른 농담을 늘어놓았다. 직접 만든 농담은 하나도 없는 것 같았다. 언젠가 개리도 들어 본 농담뿐이었다. 그래도 개리 마음은 편치 않았다. 매트가 농담하는 모습을 보니까, 자기도 곧 저렇게 무대에 서야 한다는 생각에 더 긴장됐다.

매트가 또 다른 농담을 시작했다.

"한 남녀가 결혼해서 신혼여행을 떠났어요. 두 사람은 호텔 방을 잡았죠. 둘은 옷을 벗기 시작했지요. 남자가 여자를 보면서……"

랭글리 선생님이 얼른 무대로 나와 마이크를 빼앗았다.

"아주 고맙다, 매트. 아주 잘했어."

선생님이 손뼉을 쳐 주자 관객들도 따라서 손뼉을 쳤다.

"매트가 좋아하는 농담이 나올 거 같아서요."

랭글리 선생님이 설명했다.

이 말에 매트가 농담할 때보다 더 많은 사람이 웃음을 터뜨렸다.

"레슬리 앤 커밍스."

랭글리 선생님이 레슬리 앤을 소개했다.

개리는 누군가 자기 어깨에 손을 얹자 뛸 듯이 놀랐다.

"행운을 빌어 줄래?"

치아 교정기를 낀 여자애였다.

개리는 여자애를 돌아보며 말했다.

"전부 아작을 내 버려!"

여자애가 미소를 지었다.

이제는 개리 뒤쪽, 레슬리 앤의 자리에 앉은 스니츠베리 여사
도 말했다.

"작살을 내라고. 강철 이빨로!"

레슬리 앤은 바닥에 쓸릴 정도로 긴 치마를 입고 있었다.

"요즘 음악에는 별로 관심이 없다며?"

랭글리 선생님이 말했다.

레슬리 앤은 어깨를 으쓱했다.

"그냥저냥요."

레슬리 앤은 콜 포터의 〈뭐든 괜찮아〉를 불렀다.

"예전에는 스타킹을 본다는 것이
조금 충격적인 일이었지……."

레슬리 앤은 치마를 살짝 들어 올리고는 신고 있는 스타킹을
보여 줬다.

"지금은 세상에,
뭐든 괜찮아!"

레슬리 앤은 빙그르르 돌더니 다리를 높이 쳐들었다. 스타킹
이 더 많이 보였다.

개리는 레슬리 앤을 보면서 미소를 지었다. 개리는 늘 자기는
음악을 좋아하지 않는다고 생각했다. 그런데 레슬리 앤이 춤을
추며 노래를 부르는 모습은 꽤 보기 좋았다. 레슬리 앤은 진심
과 정성을 쏟아 노래를 부르는 것 같았다.

"전에는 멋진 말을 많이 알았던 작가들도
이제는 은어로만 시를 써.

뭐든 괜찮아!"

레슬리 앤은 〈당신이 최고〉라는 노래를 한 곡 더 부르고 자리로 돌아왔다. 발갛게 상기된 얼굴에서 빛이 났다.

"정말 잘했어."

개리가 레슬리 앤에게 말했다.

"고마워."

레슬리 앤이 대답했다.

줄리 로즈는 조금도 긴장하지 않았다.

"너는 시인이 되고 싶은데, 또 돈도 벌고 싶다면서?"

랭글리 선생님이 물었다.

"밥을 굶거나 그러고 싶진 않거든요. 다들 시인은 배고픈 직업이라고 하잖아요. 저는 법대에 가서 대법관이 될 거예요. 하지만 저는 판결문을 그냥 읽기만 하지 않고, 산문시로 써서 낭송할 거예요."

"아주 참신한 생각이구나. 앞으로는 대법관 시인을 볼 수 있겠어."

몇몇 사람이 박수를 보냈다.

"적당히 하자."

프레드 퍼스트가 중얼거렸다.

줄리는 자기가 쓴 시 몇 편을 낭송했다.

개리는 음악보다 시를 더 몰랐다. 개리는 다시 자기 공연에만 집중하려 했다. 연습을 너무 많이 한 건 아닌지 걱정됐다. 코미디는 즉흥적이어야 하는데.

아직 늦지 않았다. 그만둘 시간은 있었다.

줄리가 자리로 돌아가자 관객들은 큰 소리로 박수를 보냈다.

개리는 '식은땀'이라는 단어를 들어만 봤지, 실제로 경험해 본 적은 없었다. 손에서 땀이 나고 있었지만 얼음처럼 차갑게 느껴졌다.

"마샤 N. 포지."

랭글리 선생님이 마샤를 소개했다.

개리는 프로그램을 들춰 봤다. 대단히 빨리 진행되고 있었다! 마샤 다음은 앨릭스 로스였고, 그다음이 바로 개리였다!

마샤는 벌써 롤러스케이트를 타고 있었다. 원을 그리며 타다가 앞으로 뒤로 미끄러지며 움직였다. 그러다가 무대 중앙에 가져다 놓은 벤치 하나를 뛰어넘었다. 처음에는 앞으로, 그다음에는 뒤로.

마샤는 벤치 끝으로 다가가더니 벤치 위로 훌쩍 뛰어올랐다. 그러고는 벤치 위를 따라 미끄러지더니 벤치 끝에서 한 발로 뛰어내렸다. 다시 뒤로 돌아서더니 이번에는 다른 방향으로, 다른 발로 벤치 위를 미끄러졌다.

"나는 두 발로도 스케이트를 못 타는데."

프레드 퍼스트가 말했다.

"나도 못 타."

뒤에 앉아 있던 레슬리 앤 커밍스가 말했다.

"앨릭스 로스."

랭글리 선생님이 앨릭스를 소개했다.

"아, 내가 다음이야!"

개리가 끙, 하고 신음했다.

"진정해. 그냥 즐기라고."

프레드가 속삭였다.

그런 말은 프레드에게는 쉽겠지. 이미 순서가 끝났으니까. 운 좋은 녀석이다. 맨 처음에 하다니.

피아노가 무대 중앙으로 옮겨졌다. 앨릭스는 바흐의 〈인벤션 1번 C장조〉와 〈8번 F장조〉, 짧은 두 곡을 연주했다. 역시나 개리는 앨릭스가 연주를 잘하는지 못하는지 알 수 없었다. 앨릭스가 실수를 저지르지는 않은 것 같았지만 그건 바흐만이 알 수 있는 일이다. 그리고 현재 바흐는 죽고 없었다.

개리는 심호흡을 몇 번 더 했다. 심호흡이 긴장을 푸는 데 조금은 도움이 되어 줄 것 같았는데 아니었다. 오히려 머리만 더 어지럽고 멍하게 만들었다.

"시간이 많이 흘렀죠?"

랭글리 선생님이 말했다.

"그래도 아직 재능 있는 참가자 한 명이 더 있답니다. 개리 W. 분!"

순간 개리는 바지에 오줌을 싸 버렸다.

24

개리는 소품이 가득 들어 있는 쇼핑백으로 앞을 가리고 무대 중앙에 나갔다. 자기가 싼 오줌 자국이 얼마나 큰지, 보이는지 안 보이는지도 알 수 없었다. 하얀색 바지를 입고 있었으니 아마도 오줌 자국이 보일 테지만 쇼핑백을 치우고 살펴볼 수도 없었다.

"개리는 재미있는 농담을 들려줄 거예요."

랭글리 선생님이 말했다.

아벨 아저씨와 거스 아저씨, 미스터 본이 환호하는 소리가 들렸지만 보이지는 않았다. 밝은 조명이 개리 머리 위에서 이글거렸고 관객석은 어둠에 싸여 있었기 때문이다.

"고맙습니다, 롱다리 선생님!"

개리가 말하자 관객들이 웃음을 터뜨렸다.

"어머나, 개리!"

랭글리 선생님이 부끄러워하는 체하며 말했다.

"난 네가 모르는 줄 알았지."

관객들이 다시 한번 웃음을 터뜨렸다.

개리는 자기가 뭐라고 했는지 깨닫기까지 시간이 좀 걸렸다. 개리가 더듬거렸다.

"죄, 죄송합니다."

개리 목소리가 스피커를 통해 우렁우렁 울렸다. 프레드 퍼스트 얘기처럼 말도 하기 전에 목소리가 스피커에서 나오는 것 같았다.

개리는 관객들을 바라봤다. 몸과 마음이 꽁꽁 얼어 버렸다. 시작을 어떻게 해야 하는지 전혀 기억나질 않았다.

"제 친구들은 저를 머저리라고 불러요."

개리가 말했다.

"그리고 여러분은 저의 친구지요."

개리는 자기가 왜 이런 말을 하는지 알 수 없었다. 코미디언이 아니라 정치인이라도 된 것 같았다.

"보세요. '개리'와 '머저리'를 합하면…… 아니, 잠깐만요. 제가 '머저리'라고 했나요? 제가 하려던 말은…… 좋아요. 다시 시작할게요. 음, 아니, 다시 안 할래요. 절대 다시 시작하면 안 돼요. 아침에 죽은 스컹크를 괜히 먹은 것 같군요. 하, 하."

아무 말이나 마구 튀어나왔다. 지금 그 말을 하면 안 되는데.

"시럽도 안 뿌리고요. 하, 하."

아벨 아저씨가 커다랗게 웃는 소리가 들렸다. 하지만 다른 사람들은 하나도 웃지 않았다.

"죽은 스컹크 얘기를 하고 보니 오늘 아침……"

바로 그때 라이언 어트와 폴 워튼버그가 무대로 뛰어들었다.

개리는 쇼핑백을 떨어뜨리고 두 손으로 모자를 움켜쥐고 꼭 눌렀다. 폴은 개리 얼굴에 크림파이를 던졌고, 라이언은 개리의 머리부터 발끝까지 탄산수를 마구 뿌려 댔다. 그런 다음 둘은 나올 때만큼이나 빠르게 무대에서 사라져 버렸다.

헉, 하고 숨 들이켜는 소리가 몇 군데서 들렸지만 대부분은 충격을 받아 아무런 소리도 내지 못했다. 랭글리 선생님이 자리에서 일어났다.

개리는 손가락으로 눈에 묻은 크림을 걷어 냈다. 그러고는 마이크에 대고 말했다.

"제 팬클럽이었어요."

모두가 웃음을 터뜨렸다.

개리는 손가락을 핥아서 크림을 먹고는 무대 계단 아래쪽에 있던 폴과 라이언을 내려다봤다.

"크림파이가 아주 맛있네. 고마워!"

관객들이 다시 웃음을 터뜨리자 랭글리 선생님도 자리에 앉았다.

"제가 어딜 가도 이런 일들이 생긴답니다. 그래서 저는 언제나 이걸 가지고 다니죠."

개리는 쇼핑백 속에 손을 집어넣더니 커다란 목욕 수건을 끄집어냈다.

개리가 수건으로 얼굴을 닦자 관객들이 큰 소리로 웃었다. 개리는 얼굴을 다 닦고 나서 수건을 높이 쳐들고 말했다.

"이것 없이는 집에서 나오지도 않는다니까요."

관객들이 손뼉을 치며 소리를 질렀다.

두 가지 재앙이 서로를 상쇄했다. 바지는 탄산수 덕분에 어쨌든 젖었다. 개리는 마음이 진정되고 자신감도 생겼다. 관객들 또한 자기편이었다.

"말씀드린 대로 제 이름은 개리 분입니다. 그러나 내 친구들은……."

개리는 폴과 라이언을 다시 바라봤다.

"머저리라고 부르죠."

관객들이 이 말을 듣고 또 웃었다.

"보세요. 제 이름은 개리 분이거든요. 그래서 둘을 합치면 군, 머저리가 되지요. 그것참 안됐다고 생각하는 분들도 계시겠지만, 저에게는 샐리라는 여동생이 있는데, 다들 셀러리라고 불러요."

거스 아저씨와 아벨 아저씨, 그리고 미스터 본을 시작으로 더 큰 웃음소리가 들렸다.

"저에게는 '비비'라는 여동생이 하나 더 있는데요, 우리가 걔를 뭐라고 부르는지 아세요? (하나, 둘, 셋을 센 다음.) 비비 원숭이요."

"물론 걔가 늘 바나나를 먹고 겨드랑이를 벅벅 긁어 대는 탓도 있지만요. 하지만 진짜 안 좋은 이름을 가진 사람은 제 절친 필 하트(Phil Hart)일 거예요. 우리가 그 친구를 어떻게 부르는지는, 차마 말로 할 수가 없네요."

개리는 사람들이 농담을 이해하기를 기다렸다. 이윽고 객석 여기저기서 웃음이 터져 나왔다.('Phil'과 'Hart'를 합치면 'Phart(Fart)' 즉, '방귀'라는 뜻을 가진 단어와 발음이 같은 것을 이용한 농담:옮긴이)

"여러분은 아마 제가 왜 이런 모자를 쓰고 있는지 궁금하실 텐데요. 사연이 좀 길어요."

"얘기해 줘요!"

거스 아저씨가 크게 외쳤다.

개리는 씩 하고 웃었다.

"좋아요. 사연을 들려드릴게요. 오늘 아침에 있었던 일이에요. 제가 잠에서 깨면서 침대에서 잘못된 쪽으로 일어났나 봐요."

개리는 여기서 말을 멈추었다.

"제 침대는 벽에 붙어 있거든요."

다시 멈춤.

"그래서 일어나다 코가 깨졌어요."

몇몇 관객이 웃었다.

"저는 아래층으로 내려갔어요. 엄마가 아침을 만들고 있었어요. 저는 아무런 냄새도 맡지 못했지만요."

여기서 잠시 말을 멈춤.

"사실 엄마가 요리할 때는요, 냄새를 못 맡는 편이 더 나아요. 앞으로는 종종 코를 깨야겠어요."

엄마 웃음소리가 들리는 것 같았다.

"아침을 먹고 병원에 갔어요.

'의사 선생님, 제 코가 부러진 거 같아요.'

의사 선생님은 저를 진찰하고는 이렇게 말했어요.

'아니, 멀쩡한데.'

'하지만 선생님, 냄새가 안 나는데요.'

제가 말했죠.

'아, 냄새나.'

선생님이 말했어요.

'너한테서 지독한 냄새가 난다니까!'"

개리는 한 손으로 코를 잡고 다른 한 손은 휘저으며 악취를

쫓는 의사 흉내를 냈다.

관객들이 웃음을 터뜨렸다. 개리는 웃는 관객들 때문에 상처를 입었다는 말투로 말했다.

"여러분은 웃으시지만요. 뭐, 저는 웃을 일이 아니라고 생각해요. 제 생각에 의사 선생님은 좀 무례하셨어요. 그래요, 제 잘못이겠죠. 아침으로 죽은 스컹크를 두 마리나 먹었으니까요."

관객들이 웃었다. 개리는 원래 죽은 스컹크가 두 마리나 된다고 말할 작정은 아니었지만, 갑자기 그때 한 마리보다 두 마리라고 하는 편이 더 웃기겠다는 생각이 들었다.

"의사 선생님이 '아아, 하고 입을 크게 벌려 보세요.'라고 말하지 않은 건 처음이었어요.

제가 아침 식사로 왜 죽은 스컹크를 두 마리나 먹었을까요? 이유가 궁금하세요?"

"이유가 뭐예요?"

미스터 본과 아벨 아저씨, 그리고 주위에 있는 몇 사람이 소리쳤다.

"와플이 떨어져서요."

개리가 대답했다.

"이 모자를 쓰고 있는 이유를 말하려다가 딴 데로 샜네요. 의사 선생님은 제게 특수 비누와 구강 청정제를 처방해 주셨어요."

개리는 쇼핑백에 손을 넣어서 쓰다 만 비누와 반병쯤 담긴 구강 청정제를 꺼냈다.

"워낙 강력해서 처방전 없이는 못 사요."

개리는 비누 냄새를 맡더니 얼른 고개를 돌리고는 기침을 해 댔다.

"집에 와서 가글을 했어요. 사실 구강 청정제는 맛이 그렇게 나쁘진 않아요."

개리는 병을 바라봤다.

"음, 맛이 어떠냐 하면 죽은 스컹크 맛과 비슷해요. 시럽 안 뿌린 거요."

"윽, 토 나와!"

웃음소리가 퍼지는 가운데 누군가 소리를 질렀다. 그 때문에 사람들이 더 크게 웃었다.

개리는 잠시 말을 멈추고 웃음소리를 즐겼다. 개리는 무대 위에서 그리고 마이크 앞에서 편안함을 느꼈다. 모든 것이 착착 맞아떨어졌다. 준비한 대사도 아주 자연스러웠고, 준비하지 않은 즉흥 대사도 알아서 툭툭 나와 줬다.

"아, 맞다. 그거 아세요? 암컷 벌레와 수컷 벌레 구별하는 방법이요. 키스해 보면 알 수 있어요."

다들 웃었다.

이 농담은 할 생각이 없었다. 순간적으로 떠올랐다. 맥락에 안 맞는 농담이라는 걸 관객들이 알아차리기 전에 개리는 얼른 다음으로 넘어갔다.

"저는 샤워를 했어요. 이 특수 비누를 온몸에 문질렀지요."

개리는 쇼핑백에서 수건을 꺼냈다.

그러자 사람들이 웃어서 개리는 깜짝 놀랐다. 웃기려고 한 행동이 아니었기 때문이다.

개리는 샤워하는 흉내를 냈다. 가슴과 발, 오금, 그리고 겨드랑이를 차례로 씻었다. 이미 탄산수로 흠뻑 젖어 있는 터라 효과 만점이었다. 개리는 겨드랑이 냄새를 맡은 뒤, 그곳을 한 번 더 닦았다.

"자, 이렇게 특수 비누를 머리에서부터 발끝까지 문질렀는데, 세상에! 물이 안 나오지 뭐예요? 심지어 이 냄새 나는 약품을 머리에도 잔뜩 발라 놨는데 물이 안 나오다니! 상상이나 할 수 있으시겠어요?

상상할 수 있다고요?

이 변태들! 저는 여러분이 벌거벗고 샤워하는 모습이 상상이 안 돼요!"

개리가 말을 멈췄다.

"뭐, 한 명은 되는군요."

개리는 무대 왼쪽을 바라봤다.

"롱다리 선생님이 샤워하는 모습은 가끔 상상해 봅니다."

롱다리 선생님이 웃음을 터트렸다.

개리는 계속해서 롱다리 선생님을 바라봤다.

"그런데도 선생님은 늘 제가 집중하지 않는다고 하시네요."

선생님은 두 손으로 얼굴을 가리더니 고개를 저었다.

개리는 다시 관객들을 바라봤다.

"자, 온몸에 비누칠은 하고 있는 상태죠, 물은 안 나오죠."

개리가 말을 멈췄다.

"아, 순서가 잘못되었네요. 아까 말씀드린 내 친구 필 하트가 무대 공포증에서 벗어나는 방법을 가르쳐 줬어요. 관객들이 전부 벌거벗고 있다고 상상하라고 하더라고요."

몇 사람이 웃었다.

"그런데 저는 제가 벌거벗고 있다고 상상하는 관객들 앞에서 있네요!

물론, 필은 언제든 똑같은 조언을 해 줘요. '장례식장에서 안 우는 방법을 알려 줄까? 모두가 벌거벗었다고 상상해 봐. 교장선생님에게 불려 갔을 때는 어떻게 하면 될까? 교장 선생님이 벌거벗었다고 상상해 봐.'"

개리는 워드 교장 선생님을 힐긋 쳐다봤다. 워드 선생님은 개리 농담이 하나도 안 웃기는 모양이었다.

"필은 아주 뛰어난 야구 선수였어요. 그런데 여자 팀만 만나면 맥을 못 췄죠."

관객들은 벌써 미소를 지으면서 웃음을 터트릴 때를 기다렸다.

"벌거벗은 모습을 상상하느라 번번이 삼진을 당했거든요.

여러분, 제가 왜 아침 식사로 죽은 스컹크를 두 마리나 먹었는지 궁금하세요?"

"왜요?"

적어도 관객들 중 절반이 소리를 질렀다.

"점심때까지 기다릴 수가 없어서요.

좋아요, 저는 물도 나오지 않는 샤워기 아래에 서서……."

개리는 말을 멈추고는 수건을 집어 들어 허리에 감았다.

"이렇게 하니까 좀 낫네요.

제가 아침 식사로 죽은 스컹크를 두 마리나 먹은 진짜 이유를 알고 싶으세요?"

"왜냐고요!"

거의 모든 관객이 소리를 질렀다.

"한 마리로는 부족하니까요. 감자튀김 1인분처럼요.

그렇게 저는 특수 비누를 온몸에 문지른 채 샤워기 아래에 서 있었어요. 물이 다시 나오기를 기다리는 것 말고는 할 일도 없었죠. 우울했어요. 너무도 솔직했던 의사 선생님이 생각나자, 덕분에 유명한 스니츠베리 여사도 생각이 났어요.

스니츠베리 여사가 은행에 가서 수표를 현금과 바꿔 달라고 했어요. 은행 직원이 여사에게 말했지요.

'수표 뒷면에 성함과 전화번호를 적어 주세요.'

'수표를 발행한 사람이 바로 제 남편인데요.'

'아, 그렇습니까? 그렇지만 수표 뒷면에 성함을 적어 주셔야 나중에 남편분이 이 수표를 누가 현금으로 바꿔 갔는지를 알게 되시죠.'

'아하! 그렇군요.'

스니츠베리 여사는 고개를 끄덕이며 수표 뒷면에 이렇게 적었답니다.

'여보, 저예요!'"

관객들이 와하하 웃었다.

개리는 힘을 얻어 다음 농담을 이어 갔다.

"스니츠베리 여사는 늘 이렇게 재치가 있답니다. 재치가 있을 뿐만 아니라 때로는 아주 당당하기도 해요.

하루는 스니츠베리 여사가 횡단보도 앞에 서 있었어요. 지나가던 학생이 여사에게 말했지요.

'할머니, 제가 안전하게 건널 수 있게 도와드릴게요.'

'응, 고마워.'

여사는 이렇게 말하더니 빨간불인데도 횡단보도를 건너가려고 했어요. 학생은 깜짝 놀라며 여사의 팔을 붙잡았죠.

'할머니! 빨간불인데 건너시면 안 돼요.'

'지금 건너야 해.'

여사가 억지를 부렸어요. 보다 못한 학생이 할머니 앞을 막아섰어요. 그러자 할머니가 학생 뒤통수를 냅다 치며 말했죠.

'이놈아! 파란불일 때는 나 혼자서도 건널 수 있어!'"

관객들이 배를 잡고 웃었다. 몇몇 관객은 휘파람을 불어 댔다.

개리도 웃었다.

"스니츠베리 여사가 젊었을 때는 동 주민 센터에서 일했어요. 지금이나 그때나 여사는 사람들을 돕는 일이라면 발 벗고 나서곤 해요.

여사는 점심시간인데도 혼자 자리를 지키고 있었어요. 한 할머니가 들어와서 말했어요.

'저, 사망신고를 하러 왔는데요.'

여사는 아주 친절하게 물었죠.

'본인이세요?'

그러자 사망신고를 하러 오신 할머니는 조금 당황했다가, 잠시 생각하더니 다음과 같이 물었어요.

'본인이 직접 와야 하나요?'"

관객들이 배꼽을 잡았다.

"참, 여러분은 제가 아침 식사로 죽은 스컹크를 두 마리나 먹은 진짜 이유를 알고 싶으시죠?"

"예, 이유가 뭐예요?"

관객들이 합창했다.

"산 스컹크를 포크로 찔렀다가는 꿱 소리를 내거든요."

개리가 허리에 두른 수건이 갑자기 바닥으로 툭 떨어졌다.

개리는 몹시 당황한 척을 하면서 수건을 집어 들더니 다시 허리에 감았다. 관객들이 폭소를 터트렸다.

"물이 안 나왔던 이유를 나중에야 알게 되었는데요. 우리 아빠가 다른 욕실에서 뭔가를 수리했기 때문이에요. (하나, 둘, 셋을 센 다음.) 전구를 갈고 있었대요.

우리 아빠는 만능 기술자예요. 전구를 갈 때는 물을 잠그고, 변기가 막히면 전기를 끊어요. 아빠는 늘 '조심할수록 좋은 거야.'라고 말해요."

개리 귀에 아빠 웃음소리가 들렸다.

"아빠 말이 맞아요. 특히 아빠가 일할 때는 더더욱 그래요. 아빠는 최근에 차고 문을 자동문으로 바꿔 달면서 변기도 새

것으로 갈았어요. 이제 차고 문을 열려고 리모컨을 누르면 변기 물이 내려가요. 매일 아빠는 퇴근하고 집 앞에서 경적을 울려요. 그럼 제가 욕실로 내려가 변기 물을 내리죠. 차고 문이 열리도록요.

두 시간쯤 지나서 아빠가 전구를 다 갈아 끼우자 물이 다시 나오기 시작했어요.

아, 제가 이 모자를 쓰고 있는 이유를 말씀드리려고 했지요? 특별히 처방받은 비누를 두 시간이나 머리에 바르고 있었잖아요? 그랬더니……."

개리는 아주 신속한 동작으로 모자를 벗고 꾸벅 절을 했다.

귀 위쪽으로 머리카락이 하나도 없었다.

관객들은 모두 뒤로 나자빠졌다.

25

"정말…… 대단하네요."

랭글리 선생님이 무대 중앙에 올라 개리 옆에 섰다.

"만져 봐도 될까?"

"그럼요."

선생님이 손가락으로 개리의 번들거리는 정수리를 만지자 관객들은 다시 웃음을 터뜨렸다.

"매끈하네."

개리가 씩 웃었다.

"귀 아래쪽에는 왜 머리카락을 남겨 두었니?"

"그래야 제가 머리카락을 밀어 버린 걸 숨길 수 있으니까요.
보세요."

개리가 머리에 모자를 썼다가 다시 벗었다.

관객들이 박수를 보냈다.

개리 머리카락은 머리에 두른 띠처럼 보였다.

"감쪽같네. 그래, 개리 W. 분. 'W'는 무엇의 약자냐?"

"볼프강이요."

관객이 다시 와하하 웃었다.

"대박!"

모자를 쓴 개리가 커튼 뒤에 있는 벤치로 돌아오자 프레드
퍼스트가 외쳤다.

"야, 머저리. 모자 좀 벗어 봐. 머리 좀 보자."

브렌다가 말했다.

개리는 명령에 따랐다. 다른 참가자들이 모두 개리 주위로 모
여들었다. 조만 멀찌감치 떨어져 있었다.

폴 워튼버그와 라이언 어트 또한 무대 뒤에 있었다.

"유감은 없지, 응? 머저리."

폴의 말에 마샤 포지가 개리 머리를 쓰다듬으며 대신 대답했다.

"유감이라니! 굉장했는데. 얼굴에 파이를 던지고 탄산수까지? 최고였어!"

레슬리 앤 커밍스도 보고 있었지만 개리 머리를 만지지는 않았다.

"멋지다, 머저리."

폴이 말했다.

"진짜 완전 대머리네."

라이언도 덧붙였다.

"네 궁둥짝만큼이나 반질반질하지?"

개리가 대꾸했다.

출연자들이 모두 무대 위로 다시 나갔다. 랭글리 선생님이 각 출연자의 머리 위에 손을 얹었다. 그때마다 관객들이 박수를 보내 줬다.

아이스크림선디 무료 쿠폰 두 장이 걸린 3등 상은 체조를 한 수전 스미스에게 돌아갔다. 브렌다 톰프슨은 2등 상과 함께 상품으로 줄루 레코드 가게 상품권을 받았다. 개리 볼프강 분은 우레와 같은 박수와 함께 1등 상을 받았다.

개리는 모자를 들어 올려 관객들에게 화답했다.

개리의 엄마, 아빠가 무대에서 내려오는 개리를 기다리고 있었다.

"미리 몰랐던 게 다행이지."

엄마가 그렇게 말하고는 개리를 안아 줬다.

엄마가 팔을 풀자마자 이번에는 아빠가 개리를 안아 줬다.

"엄마, 아빠. 화 안 났어요?"

"이미 밀어 버려 놓고서. 이제 와서 화내 봤자 무슨 소용이 있겠니? 한 가지만 부탁할게. 다음 주에 할머니 댁에 갈 때는 꼭 모자를 쓰고 있길 바란다."

엄마가 말했다.

"슈퍼스타가 여기 있었군!"

아벨 아저씨가 말했다.

"제가 악수의 영광을 누릴 수 있을까요?"

개리는 아벨 아저씨의 손을 잡고 흔들었다. 거스 아저씨의 손도. 거스 아저씨가 개리를 향해 눈을 찡긋했다.

미스터 본은 개리 모자를 벗긴 다음, 개리의 정수리에 입을 맞췄다.

"두 분이 개리 부모님이시군요."

아벨 아저씨가 말했다.

"아벨 퍼소폴리스라고 합니다. 아주 오래전부터 두 분을 한 번 뵙고 싶었습니다."

"스펜서 분이라고 합니다."

개리 아빠가 아벨 아저씨의 손을 잡으면서 말했다.

"스푼이라고 불러도 됩니다."

모두 웃음을 터트렸다.

"앤젤린이 이 자리에 없어서 정말 아쉽네요."

개리 엄마가 말했다.

"우리가 앤젤린에게 보여 주려고 모두 녹화했어요."

미스터 본이 말했다. 미스터 본은 고갯짓으로 비디오카메라를 들고 있는 소년을 가리켰다.

"내일 크로케 게임을 하기 전에 앤젤린에게 보여 줄 거예요."

"그거 잘됐네요! 그리고 개리, 비디오가 끝날 때까지는 꼭 모자를 쓰고 있어야 한다. 아니다. 비디오에서 모자 벗는 장면이 나올 때 너도 동시에 모자를 벗는 게 더 낫겠다."

개리 아빠가 말했다.

"내일 아침에 다시 면도하는 게 좋겠어. 아주 매끈하게."

엄마도 거들었다.

개리는 믿기지 않는다는 표정으로 두 사람을 쳐다봤다. 우리 엄마, 아빠 맞아?

"크로케 게임을 끝내고 우리 집에서 다 같이 저녁을 먹는 건 어떨까요? 죽은 스컹크를 요리하는 새로운 레시피를 개발했는데요."

개리 엄마가 말했다.

아벨 아저씨와 거스 아저씨, 미스터 본이 웃음을 터뜨렸다.

"차고 문을 여는 리모컨도 가져오세요. 욕실을 사용하게 될 경우를 대비해서요."

개리 아빠가 말했다.

아벨 아저씨가 개리를 가리키면서 말했다.

"네가 누구를 닮았는지 이제 알겠구나."

비디오 촬영을 했던 5학년짜리 애가 개리에게 와서 사인해 달라고 했다.

프레드 퍼스트는 부모님과 누나로 보이는 세 사람과 함께 학교를 나가고 있었다.

개리가 그 뒤를 쫓았다.

"잠깐, 프레드!"

프레드는 걸음을 멈추고 뒤를 돌아봤다.

"고마워."

"뭐가?"

개리는 대답 대신 씩 웃었다.

"내일 같이 크로케 할래?"

"좋지."

개리는 프레드에게 앤젤린네 집 위치를 가르쳐 줬다.

"아, 그리고 꼭 모자를 쓰고 와야 해."

"알았어."

"그리고 누가 너에게 '밥은 먹고 다녀?' 하고 물으면 '응, 그레이비소스를 끼얹은 으깬 감자'라고 대답하고."

"왜?"

개리가 어깨를 으쓱했다.

"나도 몰라."

"알았어."

"앤젤린 앞에서 새소리 흉내 내 봐. 앤젤린은 진짜 새소리 흉내를 낸 건지, 네가 만들어 낸 건지 금세 알 거야."

프레드가 씩 웃었다.

개리의 영어 선생님, 칼라일 선생님이 개리 손을 꼭 붙잡고 흔들었다.

"축하한다!"

선생님 손아귀 힘이 어찌나 센지 개리는 깜짝 놀랐다.

"고맙습니다."

"준비를 정말 많이 했구나, 그렇지?"

개리는 고개를 끄덕였다.

"보니까 딱 알겠더라. 이제 똑같은 창조성과 노력을 학교 공부에 쏟기만 하면……."

선생님이 개리를 보고 미소를 지었다.

개리는 어깨를 으쓱했다.

"노력해 볼게요."

말은 이렇게 했지만 개리는 자기가 그러지 않을 것을 이미 알고 있었다. 학교 공부를 그렇게 열심히 할 이유가 있나?

"정말 프로 같더구나. 스탠드업 코미디언이 되겠다는 생각을 해 본 적 있니?"

칼라일 선생님이 물었다.

"아뇨, 별로요."

개리가 대답했다.

"이봐, 머저리. 내일 미식축구 어때?"

조 리드가 물었다.

개리가 뒤를 돌아봤다.

"못 해. 크로케 게임을 하기로 했어."

"크로케? 너 진짜 웃긴다, 머저리."

조는 개리 머리를 문지르려는 것처럼 손을 뻗었다가 도로 움츠렸다. 머리를 만지기가 두려운 것 같았다.

"너도 끼고 싶어?"

"크로케? 뇌 한쪽도 면도로 밀어 버린 모양이구나!"

"미스터 본도 올 거야. 기억나? 우리 5학년 때 담임 선생님. 그리고 앤젤린 퍼소폴리스도 올 거고."

"지금 나를 놀리는 거지, 그렇지?"

개리는 조가 왜 저런 말을 하는지 여전히 이해할 수 없었다.

잭이 끼어들었다.

"그래, 같이 하겠대?"

"못 한대."

조가 약간 빈정거리듯이 말했다.

"쟤는 5학년 때 담임 선생님이랑 크로케를 하시겠단다."

누군가 개리 어깨를 툭 쳤다. 개리는 뒤를 돌아봤다.

"축하해, 개리."

레슬리 앤 커밍스였다.

"고마워. 너도 상을 받았어야 했는데. 브렌다 톰프슨보다 네가 더 잘 불렀잖아. 나였으면 너를 뽑았을 거야."

레슬리 앤이 미소를 지었다.

"상관없어. 어떻게 돌아가는지 잘 알잖아. 언제나 인기인들이 상을 타니까. 너처럼 '진짜' 재능이 있다면 모를까."

개리 얼굴이 빨개졌다.

"언제 다시 자랄까?"

레슬리 앤이 물었다.

레슬리 앤이 하는 말이 무슨 뜻인지 개리가 알아차리기까지 시간이 좀 걸렸다.

"아, 그거. 나도 몰라. 넉 달 정도면 자라지 않을까?"

"오, 잘됐다. 나도 넉 달 뒤면 치아 교정기 떼거든."

그렇게 말하고 레슬리 앤은 서둘러 가 버렸다.

개리는 잠시 레슬리 앤의 뒷모습을 바라봤다. 쟤가 한 말이 지금 자기가 생각하는 것과 같은 걸까?

개리는 무대 위 벤치 아래쪽에 소품이 든 쇼핑백을 두고 왔다는 것이 떠올라서 가지러 되돌아갔다가 잠시 벤치에 앉았다. 갑자기 말도 못 하게 피곤했다.

개리는 숨을 깊이 쉬면서 팔꿈치를 무릎에 대고 두 손으로 턱을 감쌌다. 강당에 울리는 윙 하는 소리가 몸을 감싸는 것 같았다. 아니, 윙 하는 소리를 내는 건 자기 뇌인 것도 같았다. 개리는 다시 한번 크게 숨을 내쉬었다.

보라색 커튼 뒷면이 보였다. 군데군데 해지고 가장자리는 낡

아서 너덜너덜했다. 게다가 몹시 더러웠다.

학교에서는 커튼을 좀 더 잘 관리해야 하지 않나? 정기적으로 한 번씩은 세탁해야지.

개리는 쇼핑백에서 커다란 수건을 꺼내 흘러내리는 눈물을 닦았다.

15분 뒤, 엄마가 개리에게 무슨 일이 있나 보러 무대 위로 올라왔을 때도 개리는 여전히 울고 있었다.

개리가 눈물을 흘린 까닭은……

　어느 학교에나 조금 별난 친구들이 있고 장난이 심한 친구들
도 있기 마련입니다. 하지만 가벼운 장난으로 시작된 일이 때로
는 힘으로 괴롭히는 폭력이 되기도 합니다. 따돌리는 친구들은
장난이라지만 당하는 친구들은 견디기 힘들지요. 이 책에도 친
구들로부터 따돌림당하고 놀림당하는 친구, 개리가 나옵니다.
개리는 '머저리'라고 불리지만 화를 내지 않습니다. 그저 웃으
며 농담을 할 뿐이지요.

　하지만 개리는 겉으로 보이는 모습이 전부가 아닙니다. 개리
는 스탠드업 코미디언이 되겠다는 멋지고 큰 꿈이 있습니다. 개
리는 친구들의 놀림 따위는 자신에게 조그만큼도 장애물이 되
지 않는다는 듯이 친구들의 놀림을 무시하고 틈만 나면 농담을

하고 다닙니다. 농담을 개발할 만큼 언어 감각과 재치도 뛰어난 친구입니다. 개리는 분을 삭였을 뿐만 아니라, 자신의 재주를 살려 친구들이 자기를 존중하게 만들었습니다. 그것을 아는 여러분은 장기 자랑을 성공적으로 마친 개리가 왜 숨어서 혼자 눈물을 흘리는지 알 것입니다. 그리고 감동할 것입니다.

저는 개리를 보면서 중학교 시절의 한 친구가 생각났습니다. 그 친구는 오래 참다가 한 순간의 분노를 삭이지 못해 돌이킬 수 없는 실수를 저질렀습니다. 그 친구도 자신의 분노를 삭이는 방법을 알았다면 좋았을 텐데요.

여러분은 화가 날 때, 어떻게 화를 삭이나요? 친구들로부터 따돌림을 당한다고 느낄 때, 어떻게 그 서운함과 안타까움을 가라앉히나요? 개리처럼 자기만이 할 수 있는 일을 하면서, 자기의 꿈을 향해 준비하고 노력하면 어떨까요? 그리하면 개리가 결국 친구들의 인정을 받게 되었듯이, 여러분의 친구들도 언젠가 여러분을 보고 감탄하게 될 날이 올 거예요.

정재윤

글 루이스 새커

1954년 미국 뉴욕에서 태어났습니다. 고등학생 때 《호밀밭의 파수꾼》으로 유명한 J. D. 샐린저와 《제5도살장》의 작가 커트 보네거트를 알게 되면서 문학의 매력에 빠져들었습니다. 1978년 초등학교 보조 교사로 일했던 경험이 바탕이 된 《웨이싸이드 학교 별난 아이들》을 발표하면서 작가로 데뷔했습니다. 1980년 로스쿨을 졸업한 뒤 변호사 겸 작가로 일하다가, 독자들의 뜨거운 호응 덕에 1989년부터 전업 작가의 길을 걷고 있습니다. 대표작으로는 1999년 뉴베리상을 수상한 《구덩이》와 《작은 발걸음》《Someday 섬데이》《The Boy 얼굴을 잃어버린 소년》, '빨간머리 마빈의 이야기(8권)' 등이 있습니다.

옮김 정재윤

서울대학교 국어교육과를 졸업하고 독일 쾰른대학교에서 일반언어학을 공부했습니다. 특히 영상 언어가 인간 심리에 미치는 영향에 대해 관심을 가졌습니다. 지은 책으로 《영화 즐기기》《14살에 시작하는 처음 심리학 1, 2》《말과 글을 살리는 문법의 힘》《초등필수어휘 우리말 관용어》《틀리기 쉬운 우리말 바로 쓰기》《맛있는 우리말 문법 공부》가 있으며, 옮긴 책으로 《영화·드라마의 숲속으로》《모든 책을 읽어 버린 소년, 벤저민 프랭클린》《우리가 했던 최선의 선택》《작은 자본론》 등이 있습니다.